四川五君詩歌論

語言的軀體

曹夢琰

著

目次 contents

導言
詩人和他的時代

　　2010年8月，我來到成都，一個陰霾的城市。曾有人說過，待在四川唯一的不好處是天氣陰沉，偶爾有太陽出來，人們彷彿過節一樣。即使如此，他迷戀那裡，迷戀這座城市的腐朽。用他自己的話來說，那是一種可以延伸到最底層、延伸到每一個人的腐朽。一位化名為「老威」的四川詩人曾寫出一部訪談錄，涉及形形色色、龍蛇混雜的人：棄妻為名利的詩人、放棄寫詩整天打麻將的詩人、「土皇帝」、被判死刑的貪污者……有關腐朽，也有太多可說的：私欲的過度膨脹？抑或僅僅是在「火鍋與茶館的指引下」[1]消磨一個下午，饕餮、神侃？甚至，在離自己死期不遠的囚禁生活中，拼死地爭奪胡豆，還能冒出頗有方言天然幽默感的話。[2]或者，腐朽同時意味著一種語言的腐朽。鐘鳴一再強調北人好經世之想，而南人「喜歡精緻的事物，熱衷神秘主義和革命，好私蓄」、「多愁善感，實際而好幻想」、「生活頹靡本能，卻追求精神崇高」[3]。不同於北方詩人，南方詩人們更多地在詩歌中流露出對語言的享樂情結。

---

[1] 敬文東，《中國當代詩歌的精神分析》，中國社會出版社，2010年。上篇以火鍋與茶館為切入點，探討詩歌中的方言。
[2] 老威，《底層訪談錄》，長江文藝出版社，2001年。
[3] 鐘鳴，《旁觀者》，海南出版社，1998年，807頁。

「朦朧詩」之後，四川幾乎成為新一代詩歌的中心地帶，各種名號與用心之下的詩派、詩歌宣言紛紜而起。鐘鳴在談到南方詩歌時說：「人人都是理想主義者。只有這樣，彷彿才對得起浪費的歲月。」[4]他用了「浪費」一詞，它標識著無用而感傷的歲月。就講求生活的有效性而言，詩歌確實是一種浪費，一種腐朽。1980年代的詩人們曾沉湎其間，鐘鳴的《旁觀者》其中有一節名為「恍惚及贅詞」。有如本雅明筆下的「遊蕩者」，在人群中，他們是恍惚的；對於人群而言，他們同樣是不合時宜的贅詞。1980年代的詩人們，誇張著寫作、生活、甚至苦難。他們的真實性，可能在於心懷理想，那消失得太快的理想。詩人萬夏曾宣稱：「僅我腐朽的一面／就夠你享用一生」。（《本質》）然而，一生還是太長了點兒吧？或者太短了點兒呢？

1

　　「我們本來就是／腰間掛著詩篇的豪豬」，（李亞偉《硬漢們》）1980年代速速逝去，詩人和他們的詩句留在層次不齊的選本中，偶爾也鐫刻在某些人心中的某些地方，某些時刻被激起，讓他們聊發一下少年狂。然而很快，豪豬們的詩篇，再也無法逼迫女子們「掏出藏得死死的愛情」。（李亞偉《硬漢們》）時代和詩人的愛情結束得太快，抑或從未開始？「自20世紀80年代以來，漢語詩歌所構造的諸多語境，都有某種掙脫事境引力以求失重飛升的欲望。」[5]詩人們滿懷著對飛翔的熱情與自信，站在高處，張開雙臂……然後，跌落？暫停！卡通片中，最經典的一幕是：「一隻鎮定自若地走在懸崖上的貓，只是在朝下看、發現自

---

[4] 鐘鳴，《旁觀者》，海南出版社，1998年，807頁。
[5] 敬文東，《詩歌在解構的日子裡》，北京大學出版社，2008年，27頁。

己是懸空時才墜落。」[6]張開雙臂飛翔的詩人們，在看到他們腳底的深淵之前，並沒有跌落。或者說，他們並沒有意識到自己已經死亡，在「飛翔」的時候。齊澤克（Slavoj Zizek）從黑格爾（Georg Wilhelm Friedrich Hegel）那裡得出「精神的無聲編織」，即「關鍵意識總是來得太遲，它總是在傳染病已經控制整個領域之後，才知道自己已經無立足之地。」[7]對1980年代的諸多詩人來說，情形的確如此。

張棗談到多年前女友離開自己和一個做生意的人好，他當時還很不屑。只有在多年後，在越來越實際的世界中，詩歌的虛弱再無立足之地，詩人和他們的詩歌才迎來第二次死亡：意識到懸崖，意識到第一次早已發生的死亡。該如何看待那已踩空的懸崖、閉著眼睛的飛翔，那在兩次死亡之間短暫而虛幻的歡愉？卡通片中，這一切引人開懷大笑。在現實中，也許是以肉體的死亡，來祭奠那早已死去、卻遲遲未被察覺的理想之死，這是極端。更多的可能是，人們依然像看卡通片一樣來看待這場聲勢浩大的、荒謬的飛翔，包括那些曾參與其中的人：「晚間新聞在深夜又重播了一遍，／其中有一則訃告：死者是第二次／死去。」（歐陽江河《晚餐》）。死亡本身是悲劇，宣告，且一再重複的宣告，則是一次次的消解。悲劇到來時人們未曾察覺，還陶醉於死的舞臺中上演生；那麼當他們意識到悲劇時，究竟該為悲劇而悲傷，還是為自己曾經對悲劇的毫無意識而感到荒誕呢？多年後，當年的「莽漢」之一，遠在海外的胡冬如是寫道：

---

[6] 齊澤克，《因為他們並不知道他們所做的——政治因素的享樂》，郭英劍譯，江蘇人民出版社，2007年，83頁。

[7] 齊澤克，《因為他們並不知道他們所做的——政治因素的享樂》，郭英劍譯，江蘇人民出版社，2007年，80-82頁。

詩，本是在牢籠中創造大雁。

哪裡！生活是老虎，詩才是籠子。

一夥人爭執著，趔向自我的舞臺，

穿的是小丑的紈褲，或鶉結的囚衣

（胡冬《給任何人》四）

　　1988年徐敬亞主編的《中國現代主義詩群大觀》裡，有名無實或有實無名的各色詩歌團體，被呈現於眾。有些人們還記得，或者在各類文學史中被一筆帶過：「朦朧」、「非非」、「莽漢」、「他們」……還有一些，幾乎被時間所淹。翻開目錄，一些奇特的名稱躍然紙上：「男性獨白」、「悲憤詩人」、「特種兵」、「闡釋俱樂部」……瑪律科姆・考利（Malcolm Cowley）在《流放者歸來》中，談到被稱為「迷惘的一代」的藝術家們，他這樣評價他們和他們所信奉的個人主義教條：「個人主義生活方式甚至產生不出具有個性的人。藝術家們在逃避社會上的千篇一律時，很可能採取千篇一律的逃避途徑並按照自己小集團的常規辦事；甚至他們的反常舉止也屬於固定的類型；甚至他們中越來越多的人所患的精神病也都合乎既定的模式。」[8]青春的力比多讓詩人們個性張揚，爭執著表現自己，詩歌淪為他們自身的牢籠。詩人們用「莽漢」的高音或「非非」的異調，發出自由的呼聲，卻不過是牢籠中誇張的表演。嚮往個性與自由的詩歌，最後成為千篇一律的語言牢籠。那些已經被時間淹沒、或正在被時間淹沒的東西，實際上早已死亡，在它們趔向所謂個性的舞臺之時。

---

[8] 瑪律科姆・考利，《流放者歸來》，張承謨譯，重慶出版社，2006年，220頁。

羅蘭・巴特（Roland Barthes）說：「寫作正是一種自由和記憶之間的妥協物，它就是這種有記憶的自由，即只是在選擇的狀態中才是自由的，而在其延續過程中已經不再是自由的了。」[9]人們習慣於把1980年代稱為理想主義的年代，它的終結被看作理想主義的死亡。就像自由的語言成為束縛自身的牢籠後，還慣性地維護自己作為自由化身的身份；理想主義也早已死亡，在人們意識到之前，它還在慣性的維持中：

> 有關大雁塔
> 我們又能知道些什麼
> 有很多人從遠方趕來
> 為了爬上去
> 做一次英雄
> 也有的還來做第二次
> 或者更多
> ……
> 也有有種的往下跳
> 在臺階上開一朵紅花
> 那就真的成了英雄
> 當代英雄
>
> （韓東《有關大雁塔》）

或者為早已死去的理想而殉死，成為「當代英雄」，即使這樣，仍不免被誤讀；或者消解理想，消解記憶中的崇高。有關1980

---

[9] 羅蘭・巴特，《寫作的零度》，李幼蒸譯，中國人民大學出版社，2008年，13頁。

年代的軼聞很多，詩歌的噱頭、詩人的噱頭，甚至苦難和死亡也不免淪為噱頭。海子之死、顧城之死被賦予了多少意義或無意義？人們總是想闡釋，然後生成意義，而不僅僅是敘述。在談到本雅明（Walter Benjamin）因為邊防官拒不承認通邊簽證而自殺時，阿倫特（Hannah Arendt）寫道：「早一天本雅明就能輕易地通過；晚一天馬賽的美國官員就會得知難民暫時還無法穿過西班牙。不早不晚偏偏在那一天災難才可能發生。」[10]僅僅是敘述，這個一生讓駝背小人盯上、無法擺脫厄運之人的悲劇就悄無聲息地呈現了，沒有煽情，卻讓人震撼。顧城去世之前，在發表過的一篇演講中說：「殺與被殺都是一種禪的境界」，於是有了某些人「故作高深，大談什麼詩人之死是入禪得道，是驚世駭俗的殉美之舉」，[11]死亡還要被賦予多少更可怕的東西？苦難也同樣被作噱頭。貴州詩人黃翔最傳奇的故事是：把詩藏在蠟燭裡。鐘鳴說：「貴州『朦朧詩』，後來令人痛心地，而無法挽回地毀於困獸鬥，也毀於缺乏同一性——還有啟蒙主義的激進，好鬥。」[12]誇大苦難，誇大自己抗爭的細節：

> 我是一隻被追捕的野獸
> 我是一隻剛捕獲的野獸
> 我是被野獸踐踏的野獸
> 我是踐踏野獸的野獸

（黃翔《野獸》）

---

[10] 本雅明，《啓迪——本雅明文選》，漢娜·阿倫特編，張旭東、王斑譯，生活·讀書·新知三聯書店，2008年，38頁。
[11] 鐘鳴，《旁觀者》，海南出版社，1998年，1489-1490頁。
[12] 鐘鳴，《旁觀者》，海南出版社，1998年，666頁。

鐘鳴稱之為「虛假意識形態的人格化」[13]，世界和「我」在絕對的敵意與對立中。且不論將詩稿藏在蠟燭裡有多少可信度，人們去推崇與迷信這個故事，就在轉化與消解苦難。弄些「擢升為時疫的辭令」，（胡冬《筮書》）不過是為了推銷苦難。柏樺的《鐘斯敦》曾讓太多人狂熱地感染「時疫」：「這革命的一夜／來世的一夜／人民聖殿的一夜」。多年後在一次訪談中，鐘鳴談到柏樺和他的詩歌，提到「錯裂」一詞。語言與身體的分裂。當「革命」煽動讀者，甚至詩人自己的情緒時，「革命」包含多少真實性，又包含多少修辭成份？在被言說的苦難與真實的苦難之間，有多大的距離？齊澤克所謂的「美麗心靈」不正是如此嗎？「不停地為世界的殘酷而難過，它自己也深受其害，因為世界的殘酷使它的好意無法實現」[14]。然而「美麗心靈」也是造成自己所抱怨世界的幫兇：「我必須失敗，必須受到沉重打擊，因為只有這樣，才能表明我有理由控訴我的敵人」。[15]為了控訴，或者裝飾：「當初，／對成份談虎色變，現在，祖先的忌諱成為了／墊壓，像黑人轎車裡的豹紋坐套」。（胡冬《給任何人》八）在2010年新版《畜界‧人界》序言裡，鐘鳴說：「要論詩歌的進步，除了『詞』的勝利，就人性方面，我看是非常晦暗的，有如骨鯁在喉。」[16]在荊軻那裡，「風蕭蕭兮易水寒，壯士一去兮不復還」是一種完全身體化的語言，他的行為完成了詩意。「美麗心靈」們的詞彙，則在被害妄想症或受虐狂心態中，離人們本該身體力行去實現的「美麗世界」越來越遠……

---

[13] 鐘鳴，《旁觀者》，海南出版社，1998年，第666頁。

[14] 齊澤克，《因為他們並不知道他們所做的——政治因素的享樂》，郭英劍等譯，江蘇人民出版社，2007年，87頁。

[15] 齊澤克，《因為他們並不知道他們所做的——政治因素的享樂》，郭英劍等譯，江蘇人民出版社，2007年，87頁。

[16] 鐘鳴，《畜界‧人界》，上海人民出版社，2010年，2頁。

1980年代，柏樺和張棗徹夜談詩：「你又帶來了什麼消息，我和諧的伴侶／急躁的性格，像今天傍晚的西風／一路風塵僕僕，只為了一句忘卻的話」。（張棗《秋天的戲劇》）有時，柏樺從廢紙中撿起張棗棄掉的詩稿，據說《鏡中》就是這樣來的。柏樺在回憶錄中寫道：「我還記得我當時嚴肅的表情，我鄭重告訴他：『這是一首會轟動的詩』，他卻憂慮著，睜大眼睛，半信半疑」。[17]1980年代的詩人們，「拿十個人的詩看，然後就寫成了你自己的」，管這叫「採氣」[18]。1980年代，還有人冒某詩人的名號騙吃騙喝。如果說1980年代的結束，意味著理想主義時代的結束。究竟是時間和世事讓這種集體理想主義死亡，還是它早已身處深淵，卻在毫無知覺的行走中。

　　「美麗心靈」習慣於把深淵歸為外部世界。人們談市場經濟、談詩人們下海做生意、談詩人與詩歌的處境。然而，什麼才是真正的問題，讓詩人跌落的深淵究竟來源於外部，還是他們自身？多年的海外生活讓胡冬看清：「一個後來被判刑的友人對我說：『毀滅一個詩人的方式有三種──寂寞，貧窮和不公正的評價。』我回答他，這應該是勿須提防的──而且，我還認為，詩人也存在著兩類：文人型和藝術家型的。前面一類懷著傳統的夢想、顯而易見的事業心、欲領風騷的機會主義以及對不朽的渴望，後者則深知藝術家是純粹的小人物，以至於對種種擢升為時疫的辭令不屑一顧。我觀察到，他們通常來去無蹤，對周圍的冷暖毫不關心；似乎，他們也沒有同伴，甚至也沒有口頭禪，就像那些愁悶的藝人，在倫敦和巴黎的廣場，在地鐵站和街頭巷尾，站在陌生人的圈子中，獨奏」。（胡冬《筮書》）遠離熱鬧的1980年代，遠離滋生才華與腐

---

[17] 柏樺，《左邊──毛澤東時代的抒情詩人》，青年作家，2008年，11期：43頁。
[18] 鐘鳴，〈鐘鳴：「旁觀者」之後〉，《詩歌月刊》，2011年，2期。

朽的土地，詩人獲得了距離感，認識到「自身即深淵」。胡冬說：「一般情況下，詩人和批評家是同時失去了中心和邊緣」。「美麗心靈」陶醉於邊緣，卻不深思邊緣即是中心延伸出的隱秘深淵，追捕者也是獵物本身，被踐踏者也是踐踏者。齊澤克所謂的「意識形態的違越性」，即意識形態本身包含自己的反對面。人們以居邊緣為傲，抗拒處於中心的意識形態時，跌入一種虛假的幻覺中。這是中心最為詭秘而曖昧的退讓，看似遠離邊緣，實際上，身處邊緣的人早已無處可逃。心懷聞達於世的「文人型」詩人，剛好落入他們為自己製造出的邊緣深淵裡。

　　什麼是理想主義？把自身與詩歌粗暴地放逐到邊緣地帶嗎？成立千奇百怪的詩歌團體與派別，競相攀比誰的詩寫得好？這些理解顯然太過膚淺，詩人們在自己最優秀的作品裡，竭力突破自身的界限。伍爾夫（Virginia Woolf）說：「好的作家，即使他們有各種墮落的品格，還是良善的人。」[19]或者說，至少他們在寫作中傾心於一種至善至美——在一種基本的寫作品格之上，即使在現實生活中，他們對名利或某些世俗東西的渴望與別人沒什麼不同——亦或更甚。像《流放者歸來》的作者寫到的那樣：「所有的作家都渴望勝過別人。在許多作家中，甚至在最偉大的作家中，這種熱情表現得頗為庸俗：他們想很快致富，想應邀去和侯爵夫人見面——這樣，伏爾泰成了戰爭投機商；莎士比亞不光彩地為自己騙得了盾形紋章。」[20]然而同樣，也是在詩人們最優秀的作品中，他們對「自身即深淵」這一認識的盲區暴露了出來。

　　從這個角度來講，對於1980年代的詩人，詩歌確實是牢籠與

---

[19] 佛吉尼亞‧伍爾夫，《一間自己的屋子》，王還譯，上海人民出版社，2008年，152頁。
[20] 瑪律科姆‧考利，《流放者歸來》，張承謨譯，重慶出版社，2006年，91頁。

深淵。他們沉浸於集體理想主義時，並沒有看清腳下的懸崖，尤其沒有認清深淵可能來源於自身。即理想主義本身就包含著某種不真實。他們自以為追求個性的生活與寫作，個性卻作為一種脫離自身實際、不斷被抽空意義的姿態。到最後，只有千篇一律的追逐本身，卻無個性可言。談到詩人柏樺時，鐘鳴說，他的影響很大，危害也很大：「柏樺在我們五個中是最耀眼的，他的『我們白得眩目的父親』嘛，就是非常灼目」[21]。模仿柏樺的人很多，「但柏樺是氣質型的，模仿者只能在語言上模仿。」他「是從詞語到詞語本身，而且是憑直覺，怪癖，於是大家都去玩語言的怪癖。因為語言有一種欣喜，組合起來的欣喜感。」[22]這「白得眩目的父親」，不就是持續被抽空的模仿對象嗎？在太多詩人那裡，它成了追逐個性的範本，追逐本身卻放逐掉語言的軀體，讓它徒具毫無個性的外殼。羅蘭‧巴特說：「我的軀體只在兩種通常的形式下才存在於我自身：偏頭疼和色欲。」[23]他又說：「文具人的形式麼，是身體的某種象徵、重排麼？是的，然而是我們的可引動情欲之身體的某種象徵、重排。文之悅不可簡化為語法學家的工作對象（已然存在之文），一如身體之悅不可簡化為生理需要。」[24]語言的軀體要獲得存在感，和人的軀體一樣，是一種對常態的僭越。僭越，不是對僭越的模仿。在柏樺那裡，氣質型的怪癖讓他的語言僭越常態，獲得某種能夠帶來「文之悅」的軀體存在感。北島喜歡柏樺的詩歌，鐘鳴說：「因為他最不具備柏樺的東西」。但是這種語言的怪癖在眾多模仿者那裡，就不再是僭越，只是模仿，愉悅感遲早要消失。更為糟糕的是，人們模仿的是一種怪癖，一種能充分帶來情感愉悅與

---

[21] 鐘鳴，〈鐘鳴：「旁觀者」之後〉，《詩歌月刊》，2011年，2期。
[22] 鐘鳴，〈鐘鳴：「旁觀者」之後〉，《詩歌月刊》，2011年，2期。
[23] 羅蘭‧巴特，《羅蘭 巴特自述》，懷宇譯，白花文藝出版社，2006年，21頁。
[24] 羅蘭‧巴特，文之悅、屠友詳譯，上海人民出版社，2002年，26頁。

激動的東西，卻充滿價值上的曖昧與模糊。崇拜者們情緒激動地朗誦《鐘斯敦》時，被革命與來世的狂熱感染時，是否會靜下來思考「革命」究竟意味著什麼？陰謀，流血，犧牲？那個幻想當毛澤東秘書的人，寫出《左邊──毛澤東時代的抒情詩人》的人，也充滿了價值上的曖昧與矛盾：「今天，我承擔你怪癖的一天／今天，我承擔你天真的一天／今天，我突出你的悲劇」。（柏樺《獻給曼傑斯塔姆》）1990年代之後，柏樺的詩人生涯幾乎結束了。他無法憑怪癖與天真寫作下去。就像艾略特（T.S. Eliot）說的：任何人若想在二十五歲以上還要做詩人，就必須具有歷史意識。[25]理想主義的死亡內在於青春期的誇張、造作，甚至虛假之中。很多詩人的詩人生涯結束在那個時期，楊黎寫過一本回憶錄《燦爛──第三代人的寫作和生活》，他們燦爛過，卻遠未完成自己。

當理想主義的結束，被習慣性或戰略性地歸結為某一標誌性事件時，那已是第二次死亡，即宣告性死亡，真實性死亡早發生了。急於青春期飛翔的詩人們，無視自身的深淵，多年後，人們像看一卷錄影帶一樣把它倒回到最初，懸空的行走究竟是滑稽還是悲劇？

「我看到自己軟弱而且美，／我舞蹈，旋轉中不動。／他的夢，夢見了夢，明月皎皎，／映出燈芯絨──我的格式／又是世界的格式；／我和他合一舞蹈」。（張棗《燈芯絨幸福的舞蹈》）柏樺在多年後的回憶錄中，還耿耿於懷：「我身邊的一位女同學已告別了夏日的衣裙，換了秋裝──一件暗綠的燈芯絨外套。由於她剛穿上，我自然而然地就聞到了一種陳舊的去秋的味道……那可是最精確的初秋的味道呀！」「張棗傾聽著我的感受，同時不久也

---

[25] 艾略特，〈傳統與個人才能〉，《艾略特詩學文集》，李賦寧譯，百花洲文藝出版社，2010年，2頁。

創造出完全屬於他的『燈芯絨幸福的舞蹈』」。[26]年輕的張棗敏銳地意識到詩歌（或理想？）的美麗與軟弱，即使他依然滿懷自信地宣稱詩與世界的格式是同一的。2009年的冬天，張棗在課堂上講到這件事：柏樺提議每人說出自己對秋天的感覺，於是就有了燈芯絨的故事。張棗說，在詩人年輕的時候，可能會有這種情況，有意或無意地從別人那裡獲得某些資訊，但一個詩人在最本質的地方是孤獨的：「燈籠鎮，燈籠鎮／你，像最新的假消息／誰都不想要你／除非你自設一個雕像」。（張棗《燈籠鎮》）這是最終的孤獨，死亡。詩人與世界的和諧，無法在青春期那種無視深淵的懸空舞蹈中達成。真實的死亡是排斥理解的，或者說被理解排斥。詩人的最孤獨之處，對世界來說是異質的。儘管張棗一生的詩歌都像愛情詩：對語言的愛情，對世界的愛情。那最後的詩歌，最後的雕像卻讓我們永遠無法完全去把握一個詩人，或者說一個人。巴別塔是註定無法相互理解的古老隱喻，人在最本質之處是孤獨的。

即使理想主義的高蹈姿態，只是懸空於被無視的懸崖之上。1980年代的詩人們，卻或多或少、或漫長或短暫地相信過它的存在。詩歌與詩人們，都尋找過歸屬感與認同感。團體、流派、刊物，那確實是個熱鬧非凡的時代。因詩歌而起的交情、友誼，甚至背叛與陰謀。楊黎的《燦爛》中，收錄了幾封詩人們寫給素有老大哥之稱的萬夏的信：「萬夏：我又寫了兩首詩，打起來給你寄來。內容還比較可以。……亞偉」（83.9.3）；「萬夏兄：昨天從你家出來後，非常高興。你們那些詩，讓我覺得找到了黨。要知道，成都文化氣息很惡臭啊，而我一直非常落單。現在好了，我們這一代人開始起來了。……楊黎」（1984.8.11）；「萬夏兄：你

---

[26] 柏樺，〈左邊——毛澤東時代的抒情詩人〉，《青年作家》，2008年，11期：42頁。

好！冬天來了，北方寒冷。又快到年底，不知兄弟們怎樣？宋煒來成都了嗎？向他問好！……海子」（88.12.16）；「萬夏：……海子的死，因我收到歐陽江河來電，合署了你與開愚的名字，共同弔唁了海子……另外有一些對海子不負責任的說法我們還要加以持久的批判。例如說他的詩不行，他抵不住後現代藝術，他是怯懦的等等。……友　一禾」（1989.4.15）。[27]趙野在《自述》中，寫到萬夏和楊黎找他密謀奪取「詩協」的控制權，他說：「我們都剛剛二十歲出頭，激情和陰謀彷彿都是與生俱來的。」[28]他在詩歌中也回顧了這段歲月：「這就是他們，胡冬、萬夏或趙野們／鐵路和長途汽車的革命者／詩歌陰謀家，生活的螺絲釘」。（趙野《1982年10月，第三代人》）那個時候，詩人們太多的才華確實用到，詩歌之外。幼稚可笑的行為，標幟著他們的青春歲月：一切激情、夢想、失敗，甚至死亡。1990年代之後，褪去的青春期激情與日漸實惠的時代，再也支撐不起有關詩歌與詩人的夢想。更重要的原因是，在真正成熟的詩人那裡，需要以一種對世界的疏離感，而不是青春期的狂熱夢想，來維持詩歌的向度。詩人或多或少會有一種自我流放的意識，茨維塔耶娃（Цветаева Марина Ивановна）說：「每一個詩人本質上都是僑民」[29]。在被流放的疏離感中，詩人才能夠有機會同時看清中心與邊緣的雙重深淵。鐘鳴很早就疏遠了詩歌圈，宿命般地，以「龜鎖蛇」[30]一說，讓自己這條神秘的蛇（鐘鳴屬蛇），待在成都，作為旁觀者寫作、生活。談到「旁觀者」時，

---

27 楊黎，《燦爛——第三代人的寫作和生活》，青海人民出版社，2004年。

[28] 趙野，《自述》，7頁，未刊稿。

[29] 茨維塔耶娃，《茨維塔耶娃文集・散文隨筆》，汪劍釗譯，東方出版社，2003年，295頁。

[30] 鐘鳴說：「我在古籍中看到，烏龜如果繞蛇一周，蛇就不能出圈子，即龜鎖蛇。鄙人屬相為蛇，故有此奇想。」參見鐘鳴，《旁觀者》，海南出版社，1998年，340頁。

他舉了契訶夫的例子：「有人指責過契訶夫，說他不關心社會。契訶夫會帶說：『我不是自始至終都在向扯謊抗議嗎？那不就是『傾向』了嗎？不是嗎？那麼，我就是不會咬人，不然，我就成了跳蚤。』」[31]是為疏離感。

2

在1980年代眾多熱熱鬧鬧的團體中，「四川五君」不能被稱為一個流派，也不是因為寫作風格的接近而被命名。如果說，純粹是因為私人交情的原因，他們並不是彼此都融洽的。張棗、柏樺、鐘鳴、歐陽江河、翟永明——甚至他們五個人也不是都認可這種說法。鐘鳴說：「我們沒有共同的宣言，每個人風格也不一樣，毫無流派的特徵，這個我們是很清醒的。我們五個人，都很挑剔，很敏感——說穿了，不會去幹傻事，弄這些東西。有時候對外面，不好稱呼，就默認了。以前辦雜誌都是很個人化的，比如我辦的，也收他們的詩。五個人的性格也都不一樣。」[32]「五君」還是「七君」[33]之說，今天看起來已經不重要了，甚至被承認的「四川五君」也只是作為一個方便稱呼的說法。「朦朧詩」，本是批評家們挖苦的說法，最後倒成了一個名號。

「『五君』從一開始很多方面是相似的，比如年齡接近，而且時間、地點都讓大家彙集到一起。」[34]多年後，各種各樣的原因——心性、境遇，甚至芥蒂，讓他們再也不可能聚集在一起。「那一年冬天，張棗從德國返回成都，我們（我、鐘鳴、歐陽江河、

---

[31] 鐘鳴，《旁觀者》，海南出版社，1998年，71頁。
[32] 鐘鳴，〈鐘鳴：「旁觀者」之後〉，《詩歌月刊》，2011年，2期。
[33] 「四川七君」還包括孫文波和廖希，有關五君和七君的種種說法，可參見鐘鳴的《旁觀者》，楊黎的《燦爛》，孫文波的《名詞解釋》。
[34] 鐘鳴，〈鐘鳴：「旁觀者」之後〉，《詩歌月刊》，2011年，2期。

何多苓）在翟永明家小聚，在歡樂的中途張棗提議大家來玩抽籤遊戲——看誰能獲得諾貝爾文學獎，結果鐘鳴中籤。朦朧的燈火映出他欣然嚴肅的表情和其他人若有所失的樣子。」[35]這是柏樺回憶錄中1987年的事情。在初擬定論文題目時，我的導師敬文東先生說若是能讓五個人聚在一起，和他們談談那就太好了。2010年張棗去世，已經是不可能的事情。或者說，物是人非，早就沒有了這種可能性。鐘鳴說：「曾有出版社想出我們四川五君，我說不要弄了，本身這個說法就有問題，而且過了這麼多年，我們現在的人生經驗——看，我們現在相互都不來往了。因為人在變，生活習慣，還有很多想法都在變。就是說大家沒有過去的那種語境了。」[36]1987年，鐘鳴《畫片上的怪鳥》寫給張棗[37]：「這就是那只能夠『幫助』我們的鳥／它在邊遠地區棲息後向我們飛來／聲音頹然充滿諧趣」。1999年，張棗《到江南去》贈給鐘鳴：「我們相隔萬里正談著虎骨」。兩個對話者遙相對望，傳遞著彼此的傾聽與訴說。張棗寄給鐘鳴明信片中的怪鳥，撐著傘在雨中艱難地飛行，口呼「help」——這應該是張棗傾心的形象之一。他喜歡魯迅《野草》中「哇」一聲飛過的惡鳥，他在自己的詩歌中寫道：「啄木鳥掀翻番茄地」。（張棗《希爾多夫村的憂鬱》）用「諧趣」形容張棗是恰當的，他優雅地抒情，又不時扮鬼臉。在鐘鳴這個目光挑剔的「奧爾弗斯主義者」（張棗語）眼中，他們算得上相隔萬里的知音。鐘鳴的〈籠子裡的鳥兒和外面的俄爾甫斯〉是寫張棗的文章中最好的一篇，十多年過去了，依然如此。然而，疏遠，疏遠，相識和相聚，彷彿總逃脫不出這樣的結局——終極理解的不可抵達性，

---

[35] 柏樺，〈左邊——毛澤東時代的抒情詩人〉，《青年作家》，2008年，11期：65頁。

[36] 鐘鳴，〈鐘鳴：「旁觀者」之後〉，《詩歌月刊》，2011年，2期。

[37] 鐘鳴，《中國雜技硬椅子》，作家出版社，2003年，15頁。

導致最終的孤獨。在訪談中，鐘鳴感慨人和人之間的理解太難了。1996年，德文版《中國雜技・硬椅子，四川五君子詩選》出版，鐘鳴說，1986年出國前，張棗就想帶大家的作品過去譯介。相隔近十年，變的東西太多了，「他的生活早已面目全非，過得十分艱難，孰知後面所付出的心血，卻從未言及。」[38]江湖傳言各種他們彼此疏遠的原因，鐘鳴本人討厭江湖氣，大概也討厭外人無端的猜測。即使他們都回不到當初，即使理解的最終結果是彼此失望。張棗去世後，鐘鳴寫他的長文，還是作為最好對話者的回應。某種程度上講，他理解張棗，理解他的詩歌，也理解他的生活。

和對待張棗的態度不同，鐘鳴對五君中唯一的女性翟永明心存憐惜：「她粗糙地反抗魅力，而且，尤其笨拙——在她詩裡，是自嘲，在生活裡，卻是被動，忍讓，犧牲，給好人一些幫助和祝福，給惡棍一點遊戲的空間。」[39]儘管彼此關係很好，鐘鳴覺得自己和翟永明還是有距離感，這是人與人的相處中永遠說不清楚的問題。翟永明的詩歌，記錄生活的點點滴滴，她的恐懼與喜歡，她的甜蜜與憂愁。鐘鳴說：「文學史上，她的詩歌是比較重要的，她超過了舒婷，因為你看舒婷的詩歌，看不出她是什麼樣的，看不出她是不是戴眼鏡，她和老公關係怎麼樣，她加入作協是幸福的還是恐慌的，你看不出來。北方的詩歌總體都是這樣的。」[40]而這類「保密寫作」[41]對翟永明來說是不存在的，她的詩歌中佈滿生命的痕跡。即使如此，理解——又回到理解這個問題上，還是會偏差與錯位：

---

[38] 鐘鳴，〈詩人的著魔與識〉，《今天——張棗紀念專輯》，2010年，夏季號：112頁。

[39] 鐘鳴，《旁觀者》，海南出版社，1998年，890頁。

[40] 鐘鳴，〈鐘鳴：「旁觀者」之後〉，《詩歌月刊》，2011年，2期。

[41] 鐘鳴，〈詩的肖像〉，《秋天的戲劇》，學林出版社，2002年，30頁，他將舒婷類的詩歌寫作稱為「保密寫作」。

「這一切別人又能理解些什麼？／最多理解些往事」。（翟永明《蝙蝠》）多年前的《肖像》中，翟永明說：「無人理解她不可挽回的隱秘／也無人逃得過她春夏秋冬的凝視」。當詩歌發出召喚後，得到的回應可能是激烈而熱情的。然而在最隱秘的傷痕部分，回應是被拒絕的。俄爾甫斯懷念歐律狄克，他的歌唱吸引聽眾，但他卻拒絕求愛者、拒絕轉化傷痕，最終被惱羞成怒的女人撕成碎片。人們不可避免地在最終意義上被別人誤讀，甚至自己也在誤讀自己呢。無論在公眾還是批評家那裡，翟永明都是受歡迎的，這和她的詩歌有關，也與她寬容處事有關。鐘鳴說：「小翟是矛盾的，她詩歌中有凌厲的一面，但在現實生活中，基本上沒有敵人的，這很危險，一個沒有敵人的人是比較危險的。」[42]可能是指判斷力的失衡，這種失衡會影響到詩人寫作中的價值判斷。詩人有權選擇自己喜歡的生活和寫作，這是一種情感判斷，那麼價值呢？鐘鳴尖銳地指出：「小翟寫了大量的關於酒吧的詩歌，在白夜酒吧裡寫了很多，什麼你喝酒我喝酒的詩。在我看來，她的詩歌在這個層面上是最差勁的，最沒意義的。」[43]問題來了，為什麼會覺得孤獨與不被理解。一方面是俄爾甫斯式的終極孤獨，另一方面是自以為的孤獨，和苦難一樣，孤獨也可以被誇大。對情感判斷的倚重，會讓詩歌滑入一種看似無可非議的自我狀態中：我寫我的，關別人什麼事情，實際上，卻跌入自身的深淵。

　　柏樺是一個極端的例子：「再不了，動輒發脾氣，動輒熱愛」。（柏樺《夏天還很遠》）儘管在1980年代，柏樺「白得眩目」的詩歌吸引著大批崇拜者與模仿者。然而，追隨者誤解柏樺，柏樺也誤解自身。他稱自己是毛澤東時代的抒情者，他稱自己有

---

[42] 鐘鳴，〈鐘鳴：「旁觀者」之後〉，《詩歌月刊》，2011年，2期。
[43] 鐘鳴，〈鐘鳴：「旁觀者」之後〉，《詩歌月刊》，2011年，2期。

「下午情結」[44]，這一切都是標籤。標籤和真正的理解相去甚遠。也許只有理解的過程才是拒絕標籤的，一旦停下來，就是不合時宜的定義與定位。鐘鳴用了一個詞「兔皮帽」，他說：「詩是什麼呢？──如果，戴在頭上，那就是兔皮帽，如果，每天掛在嘴皮子上，那就是行話，若為女人而寫，那就是漏氣的避孕套──因為，生活已經漏了氣。詩歌縫縫補補。」[45]當人們不再跟風似的組織這樣那樣的詩歌幫會，不再提出標新立異或老生常談的宣言，沉靜下來為詩歌尋求一個真正的判斷標準，是價值判斷而非情感判斷時，這個判斷的支撐點應該跟道德有關。康德（Immanuel Kant）認為道德的行為不是出自偏好而是出自責任，他說：「在《聖經》中，告誡我們要愛我們的鄰居，甚至去愛我們的敵人，因為作為偏愛的愛是不能被告誡的。然而出自責任的善行，即使沒有偏好驅使它，甚至與自然而不可抗拒的厭惡相對，它卻是實踐的愛，而非病態的愛；這種愛存在於意志之中，而不存在於情感的嗜好中，存在於行為的原則中，而不存在於慈悲的同情中，只有這種愛才能被告誡。」[46]如果說詩歌能夠避免淪為各色的「兔皮帽」，就必須給予自身這樣一個定位。作為情感判斷的偏愛，會讓詩歌陷入道德的恍惚性中。歐陽江河寫過一篇《柏樺詩歌中的道德承諾》，最初的標題是《柏樺詩歌中的道德不潔》。[47]歐陽江河說：「他的寫作是文學化的，其基本美學特徵是傾斜、激動人心、白熱化、有著眼點和

---

44 柏樺，〈左邊──毛澤東時代的抒情詩人〉，青年作家，2008年，11期：3─6頁。
45 鐘鳴，《旁觀者》，海南出版社，1998年，918頁。
46 伊曼努爾·康得，《道德的形而上學基礎》，孫少偉譯，中國社會科學出版社，2009年，9頁，11頁。
47 歐陽江河所謂的道德不潔來源於羅蘭·巴特，他認為只有一種寫作是純潔的，即零度的、中性的，拒絕介入的寫作，它消除了語言的社會性和個人神話性，而柏樺的詩歌以這種烏托邦標準來衡量顯然是道德不潔的，和本文所談到的道德有所區別。

趨向性，充斥著個人神話，充滿著對美的冒險之渴望、對權力的模棱兩可的刺探和影射。」[48]柏樺的詩歌是一種氣質型的怪癖，是一種偏愛，卻缺乏以道德為支撐的價值判斷。儘管他憑藉自己的直覺進入抒情的氛圍，並且敏銳地給出某些驚人準確的判斷：「由於精神的匱乏／我們接受了物質的教訓」。（柏樺《群眾的夏天》）敬文東說：「他以少不更事的天真為手段，進入了飽經滄桑的現實生活」。[49]但是這種判斷在柏樺那裡更多地表現為一種即興的、煽動性的情緒，就像歐陽江河說那樣，柏樺著迷的是對美的冒險之渴望，只要能達到，他並不在乎自己讚美或否定的其實是同一個東西，他也不在乎價值判的模糊性和曖昧性。

　　鐘鳴說柏樺本人是那種很自我，優點和缺點都很明顯的人，就像他的詩歌一樣。柏樺在回憶錄中，有一節寫到鐘鳴。對那句有點小丑化的「我為何如此優秀」，[50]鐘鳴至今還是有點芥蒂。也許並非柏樺有意為之，僅僅是他缺乏瞭解別人的能力和欲望。孫文波的《名詞解釋》中，寫到柏樺，他說很多人覺得柏樺敏感、極端、單純，但在更深一個層次上，他世俗、有心計，知道如何當面取悅人，讓人對他產生好感。孫文波談到一些事情：「他與鐘鳴關係一直很好，那時還借住鐘鳴房子，但他知道我當時對鐘鳴有看法，便每次都在我面前說鐘鳴的不是，搞得我也一起與他編排鐘鳴，我是過了很久才搞懂，他既然那麼不滿鐘鳴，為什麼還經常與鐘鳴玩？他不過是迎合我，很可能在鐘鳴面前也同樣說我。」[51]當然，墮落或居心不良，對於一個詩人來說，並不必然關係到他的詩歌寫

---

[48] 歐陽江河，《站在虛構這邊》，生活‧讀書‧新知　三聯書店，2001年，227頁。
[49] 敬文東，《抒情的盆地》，湖南文藝出版社，2006年，180頁。
[50] 柏樺，〈左邊——毛澤東時代的抒情詩人〉，《青年作家》，2008年，11期：65頁。
[51] 孫文波，《名詞解釋》，未刊稿。

作。在談到維庸，這個殺人犯、綁匪、兼偷盜者時，保羅‧瓦萊里（Paul Valery）不吝於自己對他的讚歎，他說：「在詩人身上法典只包含一條法則」，那就是「要有才華，哪怕是……有一點才華，否則就判他在詩歌上死刑」。[52]柏樺也樂此不疲地談蘭波（Arthur Rimbaud）、魏爾倫（Paul-Marie Veriaine），這些偏離正常軌道的傳奇詩人的生活。他說：「詩人比詩更複雜、更有魅力、也更重要，詩人的一生是他的詩篇最豐富、最可靠、最有意思的注腳，這個注腳當然要比詩更能讓人懷有濃烈的興味。」[53]天才的怪癖促成天才的寫作，同樣也能毀滅天才的寫作。在柏樺身上，這兩種極端性都得到體現。排斥理解與對話的寫作，最終促成天才的毀滅。柏樺的《懸崖》有如下幾句：「器官突然枯萎／李賀痛哭／唐代的手再不回來」。對於這樣一個倚重肉身與情感寫作的人來說，器官的枯萎就是才華的枯萎。當年玩詩歌小圈子時，柏樺被冠以詩人李賀的名字，命運彷彿毫無道理、卻又神奇地把他拽入回轉與縫合中。讖語，一語成讖。身處懸崖邊上的危險和美麗，這是天才最為灼目、也即臨毀滅的時刻。或者是詩歌的毀滅，或者是詩人的毀滅，其實又有什麼區別呢？

互相嫉妒又互相欣賞，徹夜談詩論道又在背後說彼此的壞話。對於那些有才華、有野心的年輕詩人來說並不奇怪。鐘鳴說自己後來遠離詩歌圈是有原因的，在看他來，就是所謂詞的勝利，在人性方面是晦暗的。這是他的失望，也是詩人們彼此對彼此的失望吧。接受楊黎的訪談時，歐陽江河承認鐘鳴的隨筆很好，但不喜歡他的詩歌。鐘鳴對江河的質疑遠遠多於他對「五君」中的其他人，在

---

[52] 保羅‧瓦萊里，《瓦萊里散文選‧唐祖論》，錢春綺譯，百花文藝出版社，2005年，29頁。
[53] 柏樺，《今天的激情——柏樺十年文選》，上海人民出版社，2006年，103頁。

《旁觀者》中，他隱晦地談到他們最後分道揚鑣的原因，孰是孰非，或許也沒那麼重要了。說到底，還是要看你寫出什麼？而且，用鐘鳴的話講：「不是看你一部半截的，而是看你一生所寫。」[54] 普魯斯特（Marcel Proust）囚禁自己的身體，用奢華生活之後剩餘的所有時間，寫出《追憶似水年華》。瑪律科姆·考利說：「他不僅控制不住他的感情而且也控制不住他一時的怪想，他不動感情地看著自己做蠢事——活著的馬塞爾·普魯斯特幾乎像個到他的頭腦的家裡去拜訪的討厭而又迷人的來客。儘管如此，他還是給自己提出了一個任務並完成了這個任務。他決心把軟弱的、反復無常的活著的馬塞爾·普魯斯特加以改造，把自己造成一件不朽的藝術品。」[55] 知恥而後勇。首先承認自己的失敗、愚蠢、滑稽，甚至墮落，然後去克服種種局限性追求不朽。各種花里胡哨的「兔皮帽」不難被識別，需要時間和耐心：

> 在噱氣斷殼的氧化物中，我看清了
> 它華麗的隱身術，聽見了它的聲音
> 或許那是樹幹相互叩階的聲音
> 我只想知道它的影子會埋在哪裡
> 它是否穿過了日月星辰，它的灰爐
> 吹入虛構的涅槃或死者臉上的鬢眉
> 我們僅僅是在黑暗中風聞了它。
>
> （鐘鳴《鳳分》）

永恆並非確定存在，經歷了1980年代的理想主義死亡之後，詩

---

[54] 鐘鳴，《畜界·人界》，〈跋〉，上海人民出版社，2010年，412頁。
[55] 瑪律科姆·考利，《流放者歸來》，重慶出版社，2006年，114頁。

歌能否以另一種形式涅槃重生？在鐘鳴這裡，它就像有待確認有無的隱身術，只有模糊不清的影子和把握不住實體的聲音。僅僅是一些可能性，甚至是不會實現的可能性。然而，就像鳳的存在一樣，虛無的好像又接近永恆。詩歌，它在衝破明知不可能的突圍嗎？或者是，我們並不知道有沒有這種可能。

鐘鳴對歐陽江河詩歌的質疑，涉及到一個有關詩歌、語言的重要問題。他認為歐陽江河「過分強調了寫作的技術性，表現出一種永遠把自己排斥在外的冷智。」[56]這一直是歐陽江河的詩歌特點，為人們所津津樂道。那麼詩歌究竟是什麼？它突圍的只是詞語的困境，還是包括生存的困境？歐陽江河的詩歌，也涉及生活與生存的困惑，以及對這種困惑的思索，並不能說詩人只是在玩轉詞語。然而，對待詞語間轉化的態度過於機智，反而讓困境顯得不夠真實，甚至虛假。詩人聰明到能把很多問題都分析得讓人慨歎與信服：

> 首尾銜接的時間
> 軟組織長出了硬骨頭，
> 怕痛的人，終不免一痛。
> 誰吃蛇，誰就一生中立。
> 來自蛇尾的頭顱，無一不是老虎。

> (歐陽江河《蛇》)

他能夠圓熟地通過詞義在正反之間的游離、詞語的拆分，漂亮地影射問題、洞悉問題。他的問題也在於圓熟。他詩歌中呈現出的困境，是真正的困境與問題，還是作為一種姿態？一行頗有洞察力

---

[56] 鐘鳴，《旁觀者》，海南出版社，1998年，909頁。

地指出，在這類失敗的詩作中，「歐陽江河的雅努斯式修辭風格使寫作變成了僅僅是詞和觀念的曖昧性的遊戲。」[57]張棗認為中國現代詩的發軔應該從魯迅的《野草》開始。他說，在魯迅那裡，言說的困境和生存的困境聯繫起來，《野草》處處都在流露言說之難，生存之難。鐘鳴也說：「社會問題，在魯迅這裡，不是作為一種姿態，而是真正的問題和疑問。」[58]回頭再看1980年代的詩人、詩歌，以及種種捕風捉影或確有其事的軼聞，其中有多少是姿態呢？在同生活最貼近的摩擦中，詩歌也許笨拙、缺乏魅力，卻不會淪為虛假的裝飾品。歐陽江河的詩歌，更像在滑行。詩人對待語言、對待生活，都反應得太快、太合適宜，卻不太真實。鐘鳴說：「他寫詩就像在做標本，很少有天然而成的東西。」[59]這個評價是恰切的，精緻美麗，甚至讓人眼花繚亂，卻少了點兒原始的、生動的呼吸。

談到他們那一代人時，鐘鳴用了「教育不足」一說：「這是所有的人的特點，包括我。我十六歲在做什麼啊，小學剛畢業，文化大革命剛剛開始。那個時候的教科書，那，笑話啊。還有些人沒讀大學呢，像江河。小翟讀的是工科。這代人面臨的問題，當然不是個人的，而是歷史造成的，教育不足。這會帶來很多問題，就像一個孩子生下來，先天不足。都超級敏感，唉，反正是些怪胎，但怪胎也能拿出些寶貝來。所以，這代人，最重要的——你看一個人是要看一生，不是看一本書兩本書，就是看自我調整。」[60]鐘鳴說歐陽江河的文章：「轉彎抹角和不必要的複雜，充滿各種說法，缺乏前提和常識，花里胡哨的『跳棋風格』」[61]，他承認自己的隨筆

---

[57] 一行，〈曖昧時代的動物晚餐〉，《詞的倫理》，上海書店出版社，2007年，5頁。
[58] 鐘鳴，《旁觀者》，海南出版社，1998年，339頁。
[59] 鐘鳴，《旁觀者》，海南出版社，1998年，910頁。
[60] 鐘鳴，〈鐘鳴：「旁觀者」之後〉，《詩歌月刊》，2011年，2期。
[61] 鐘鳴，《旁觀者》，海南出版社，1998年，910頁。

也經常犯這樣的毛病。這些都可以從他說的「教育不足」中找到原因，歲月沒有給他們充足的時間。南方的腐朽、精緻與頹靡，確實讓他們受用終身，就詩歌的緣起而言。這腐朽的一面，也在最初就註定它的摧毀性。柏樺這樣的詩人，僅僅屬於1980年代。走出1980年代的詩人，都進行了不同程度與方式的自我調整，不同層面地經歷失敗與成功。一生，對於張棗，已經可以蓋棺而論。對於別人，或還有各種機緣，也未可知。

在「五君」那裡，不存在一種詩歌觀念或者詩歌寫作的一致性，從始至終都是如此。漫長的時間中，他們在生活中也分分合合，有疏有近。張棗去世後，翟永明在一篇短文中寫道：「我和張棗再次由密轉疏」，其中耐人尋味的東西可能很多。然而對於現在的他們來說，天時、地利、人和，某種意義上都已不復存在。

談到柏樺時，鐘鳴提到身體與語言的錯位，他舉了一個例子：「一派很有名的攝影叫做紅色革命攝影，已經進入西方攝影史，它們被運作起來，還出了書，我在《塗鴉手記》中批判過它。它扮演的是什麼？攝影的題材取自文化大革命，就拍這些東西。而西方人很單純，他們的思維和中國人完全是兩碼事，他們就會自然地想到納粹時期一個猶太攝影記者所記錄下的東西，而它和這裡的紅色革命攝影怎麼能一樣呢？紅色革命攝影拍的都是高、大、全、紅的形象，全是文化大革命的符號，他們真正拍了一個殺死人的場面嗎？拍了普通老百姓被迫害的畫面嗎？沒有！他們整個的圖像成為了一個罪惡的參與者，怎麼會突然搖身變成當時的一個自覺的記錄者呢？而中國只有一種攝影進入了西方的主流攝影界，就是這種紅色攝影。它給出了西方人一種虛假的資訊，對於文革，我們這一代人是親身經歷的，各種悲慘的場面它們並沒有記錄下來。而他們記錄下的都是一些其他的內容，西方人以為這就是中國的現實。圖像是

最虛假的。這也涉及到剛才的問題，這裡的身體指的是什麼？身體和語言符號發生了錯位、錯裂。西方人看到這種攝影裡的身體，把它當成了猶太人真實記錄納粹時期那些受害的身體，但真的是那麼回事嗎？」[62]語言符號一旦脫離身體的真實性，就會喪失自己的貞潔，變得曖昧不清。當初作吹捧使用的紅色攝影，在他時、他地，被轉作用以批判「紅色」的物證。不在於語言，而是語言聯繫著的身體，它僅僅是可以發出各種偽問題、擺出各種姿態的軀殼嗎？它僅僅是見風使舵的軀殼嗎？還是，它依然是那個飽含血肉與痛感的身體？身體的存在，有一種因時因地的現場感。紅色攝影所錯位的，即那個能夠帶來真實現場感的身體——當初你拍的時候，可不是供批判使用的。也就是從這個意義上說，荊軻作為一個詩人是偉大的。

　　程式化的語言，會讓軀體喪失。而詩歌，是重新來獲得軀體的存在感的，在「五君」最優秀的作品中是這樣的。然而，也是在那裡，體現出不同程度的身體與語言的錯位。這種錯位可能很微妙，甚至它本身造成詩歌的張力與感染力，在柏樺身上尤其如此。在歐陽江河分析性的、充滿玄思的詩歌中，錯位可能嚴重到身體的缺失。翟永明詩歌中的錯位體現在：謹遵身體的痕跡去寫作，反而讓真正的存在感淹沒於其中。張棗傾心於用比喻騰空笨拙的身體痕跡，身體卻迷失在追求完美的比喻中，也是一種錯位。鐘鳴在詩歌寫作中警惕錯位，他調度眾多維度，卻不免讓詞和物陷入過度複雜、難以被理解的深奧中；身體反而不易於被把握，未嘗不是錯位。張棗說到的「不必要的複雜」是很中肯的。於詩歌本身，過度沉重的繁複性，或許並不太適合。詞與事物紛雜的陰影密佈，讓詩

---

[62] 鐘鳴，〈鐘鳴：「旁觀者」之後〉，《詩歌月刊》，2011年，2期。

歌超負荷地沉重，尤其指涉到時代時，在他近期的寫作中這種傾向尤甚。

　　該如何去看待錯位？這是詩人在對待自身與世界時，流露出的矯飾與真情之間的結合點。回到情感判斷與價值判斷的問題中：喜歡是一回事，去評判是另外一回事。「五君」的詩展現出它們的卓越性，如果要為五個人找出一個共同點，就是這種卓越性。在談到我的論文時，鐘鳴說：「看一個批評家專業不專業，主要取決於他的價值判斷。所以你在寫五君子時，價值判斷是非常重要的。不能說這個也好，那個也好，五個人都好。當然，五個人都好，但我們說的不是那種淺層次的好。」[63]借用羅蘭‧巴特的話說，文有多個軀體，而在「五君」這裡，他們的詩歌能成為值得解讀的、富有魅力的軀體。然而，還是要回到錯位的問題上，語言與身體的錯位，姿態與心理真實的錯位，自身與對自身理解之間的錯位。真相究竟在哪裡？邁克爾‧傑克遜有戀童癖，而齊澤克發現，早在戀童事件之前，傑克遜的兩張專輯中就已經流露出了這種傾向，真相就在那裡！對於「五君」也是如此，傳說和軼事並不一定會讓我們瞭解得更多，真相在他們寫出的東西中。不能說詩歌就是一切，但在能給予自己和世界最好的東西中，人們不由自主地呈現出自身的優秀和局限，這一點是不容置疑的。

---

[63] 鐘鳴，〈鐘鳴：「旁觀者」之後〉，《詩歌月刊》，2011年，2期。

BAI HUA

向左傾斜的身體

再集中一些吧

集中即抒情

即投身幸福的樣子

即沉迷的樣子

———柏樺〈節日〉

1

柏樺

柏樺，1956年1月生於重慶，現為西南交通大學人文學院中文系教授。柏樺是公認的中國當代最優秀的抒情詩人之一，其詩作受到海內外廣泛的推崇和讚譽。著作有詩集：《表達》、《望氣的人》、《水繪仙侶——1642-1651：冒辟疆與董小宛》、《史記：1950-1976》、《史記：晚清至民國——柏樺敘事詩史》、《革命要詩與學問——柏樺詩選》、《袖手人——柏樺詩集》；回憶錄：《左邊——毛澤東時代的抒情詩人》等。

01　柏樺
向左傾斜的身體

　　敬文東說：「從詩歌寫作的意義上說，柏樺是個從未進入90年代的詩人。」[1]人們習慣於把1980年代稱為抒情的年代，1990年代之後，詩歌中的敘事成份越來越重。柏樺被看作1980年代的詩人，正是因為他詩歌中濃郁的抒情成份。還有一個原因，進入1990年代之後，柏樺的詩歌寫作水準已大不如前。他「白得眩目」的光環，華麗而迅速地閃過。柏樺承認自己不能成為大詩人，而他就是想做一個小詩人。從某種程度上講，他作為小詩人的生涯也結束了。「長夜裡，收割並非出自必要／長夜裡，速度應該省掉／而冬天也可能正是夏天／而魯迅也可能正是林語堂。」（柏樺《現實》）這首詩寫於1990年代，如果說這樣的詩行形式給了詩歌某種節奏感，也曾造就柏樺詩歌中那種煽動性的快速，此刻這種形式的氣息已被耗盡。如果詩歌總有一種對自身的言說，甚至會一語成讖，那麼這裡被指明的「省掉的速度」，是詩人耗盡的、那種讓詩歌寫作充滿活力的東西。如果天才式的、某種有如神助的東西，曾讓詩人猜中事物之間隱秘而神秘的聯繫，那麼此刻，詩句徒留猜的形式與派頭，

---

[1]　敬文東，《中國當代詩歌的精神分析》，中國社會出版社，2010年，41頁。

難以言說的神秘性消失了。曾經，柏樺寫道：「望氣的人行色匆匆／登高眺遠／眼中沉沉的暮靄／長出黃金、幾何與宮殿。」（柏樺《望氣的人》）很驚豔的句子，詞與物誕生於身體節奏的和諧。此刻，徒具跳躍性的詩行，被連接的詞語之間已不能產生衝擊力或美感。它們之間的轉化，比如「冬天」與「夏天」，「魯迅」與「林語堂」，通過「XX是XX」的句式來完成。依舊武斷，可是動詞昭示的行動力，比如曾經巫術一般的「暮靄長出黃金、幾何與宮殿」，類似那樣的行動力蘊含的能量已經喪失。詩句有點自我格言化，這是天才詩人的盡頭。

再像另一組詩：「你用鮮花和水果做的甜點／是光陰的珠淚，是純粹的美學。」（柏樺《水繪仙侶》）江弱水對這組詩大為稱讚：「讓我們品味『橫隔沉、蓬萊香、真西洋香、生黃香、女兒香（都是柏樺詩歌中出現的）』，讓我們因為精緻，所以頹廢。」[2]他也談到這組詩作為柏樺風格之一的延續：「有他一如既往的緩慢而動人的語調，一直耽溺其中卻不欲驚動旁人的觀念。」[3]一如既往，有陳舊的古意，其中的閒散、精緻與頹廢。江弱水說：「這首詩，這本書，想必也會深深冒犯另一些人，因為裡頭有好多的政治不正確。」[4]拋開政治正確與否的問題，就詩論詩：它甜膩過頭，其中的鋪陳，就詩行而言，太浪費了。浪費可以是一種生活方式，這是個人選擇。詩歌中的浪費，它以所謂的精神不正確，讓人們更接近靈魂。但在這組詩歌堆砌的甜與美之中，浪費和慢是失效的。閒趣，是讓生活慢下來的某些東西。如果有人終其一生，將閒趣作為生活方式，也讓人佩服與羨慕。可是，真能忽略此時加諸自己的

---

[2] 江弱水，抽絲織錦，北京大學出版社，2010年，256頁。
[3] 江弱水，抽絲織錦，北京大學出版社，2010年，253頁。
[4] 江弱水，抽絲織錦，北京大學出版社，2010年，253頁。

一切，世界、時光，霧霾天與死亡事件嗎？不是說它們必須來到詩歌中。而是，如果不是像艾米莉・狄金森（Emily Dickinson）一樣，將自己的詩作鎖於抽屜。如果我們試圖發聲和被聆聽，那麼總有更重要的和不那麼重要的之區分。即使人們有權沉湎於自己的慢，自己鍾情的古意或舊式文人的幻覺。倘若他們有足夠的意志抵擋時光流逝的恐慌，而他們也足夠幸運。

更勿論後來的《史記》，詩集《往事》收錄了柏樺2001年的作品《1958年的小說》，也是《史記》中的一篇：「遠在1952年夏，／搬運工人顧有昌／為了社會主義的清潔。／消滅了麻雀4723隻，／蒼蠅90斤，／蛹25斤10兩，／蛆31斤」。以及2013年出版的《一點墨》，其中的閑趣，更像被速食化地打包了。這些，似乎都不能算作詩歌。

柏樺曾坦言：「停止寫作，我不知對其他詩人的心態有什麼影響，對我並無什麼影響，生活是如此廣闊，一個人總會有他專注的去處，我現在便專心教書，不思其他。」[5]生活在不動聲色地繼續，不管有沒有詩歌。年輕而荒唐的歲月忽然在某天戛然而止：詩人成了父親，為生活而「剪刀加漿糊」地做著一本又一本的商業書，守著「集權的妻子」，（柏樺《種子》）為心愛的兒子取名為柏慢。鐘鳴說：「我們這代人一切都來得太快了——寫詩，性，或是革命，都比生理要快一拍。」[6]對柏樺來說尤其如此：「一個偷吃了三個蛋糕的兒童／一個無法玩掉一個下午的兒童」；「寂寞中養成揮金如土的兒子／這個註定要歌唱的兒子」。（柏樺《教育》）他說自己的「下午情結」就是在那個時候形成的。「煩亂」

5 柏樺，〈對現代漢詩的回顧：困惑與展望〉，《今天的激情—柏樺十年文選》，上海人民出版社，2006年，266頁。
6 鐘鳴，《旁觀者》，海南出版社，1998年，921頁。

「敏感」「富有詩意」[7]，在柏樺本人和他的詩歌中，這一切都有體現。在這個註定要歌唱的下午，詩人一開口，歌聲即融滿1980年代：「孩子們可以開始了／這革命的一夜／這來世的一夜／人民聖殿的一夜」。（柏樺《鐘斯敦》）

1

奧維德（Ovidius）的《變形記》中，有一個關於語言如何獲得身體的故事：皮格馬利翁愛上了自己雕刻的女郎，他親吻她、撫摸她。神被他的虔誠感動，於是賜予少女雕像以生命。她在藝術家的撫摸中，獲得溫潤的、喘息的身體。在藝術家飽含情感的創作中，藝術品得到了真實的軀體。布魯姆（Harold Bloom）說，皮格馬利翁的故事，是「關於身體如何才能被滿懷欲望的藝術家認知、啟動和擁有的故事」[8]。親近感讓藝術家獲得自己作品的身體。鐘鳴曾形容柏樺為「一株天機渾成的樺樹」「他的柔美、孤獨、幽渺，在於他記述著我們由來已久的語言和克制的痛苦。他使用常常使我們困惑的基本詞彙寫作。驚人地缺少變化和補充，一方面因為這些詞彙表達的是人和自然地初始印象和關係，而另一方面，則是它被內部的陳述習慣和控制之間的衝突所抑制。」[9]詩人柏樺有一種對語言的親近感。他一旦建立自己的語言體系，就像長成的樹那樣，年復一年增加著隱藏的年輪，而不是人們目力所及的外在變化。他固守語言，就像皮格馬利翁親近他的雕像，在持久反復的撫摸中，讓冰冷的修辭外殼轉化為身體：「粉碎的膝蓋／扭歪的神經／輝煌的牙痛」（柏樺《給一個有病的小男孩》）；「此刻你用肅穆切開子

---

[7] 柏樺，〈左邊—毛澤東時代的抒情詩人〉，《青年作家》，2008年11期，3頁。
[8] 布魯姆，《身體活》，新星出版社，2005年，31頁。
[9] 鐘鳴，〈樹皮、詞根、書與廢黜〉，《枕木的戲劇》，學林出版社，1998年，68頁。

夜／用膝蓋粉碎回憶」（柏樺《或別的東西》）；「痛影射了一顆
牙齒／或一個耳朵的熱（柏樺《痛》）；「性急與失望四處蔓延／
示威的牙齒啃著難捱的時日」。（柏樺《鐘斯敦》）這類語言的重
複，關聯著身體的細小搏動，說柏樺是倚重肉身寫作的詩人[10]並不
為過。他的語言跟進身體的變化，有應身體衝動而起的即興色彩；
從另一個角度來看，這太過倚重身體的語言，本質上是一種封閉的
語言，拒絕交流與理解，也就少於變化。

地理學家巴諾（Barnes）說：「巴布亞人的語言很貧乏，每一
個部族有自己的語言，但它的語彙不斷地削減，因為凡是有人死
去，他們便減去幾個詞作為守喪的標記。」[11]柏樺的詩歌中，存在
這樣一種語言的守舊性。鐘鳴說：「柏樺七分舊，三分新，甚至九
分舊，一分新，所以他不是開創性的詩人，如果把他當作先鋒詩
人，那就大錯特錯了。他身上舊式文人的東西最多。」[12]在柏樺最
好的作品中，這種舊的、重複性的語言，獲得了飽滿的軀體，成為
他易於被識別的風格化語言。像某人自己那樣去寫作，這並不是一
句無用的話。語言的矯飾與不真誠，洩露出的遠遠多於語言本身。
這個熱愛乾淨襯衣領子與布鞋的人，在詩歌中，也溫暖、甚至焦急
地，流露出他的潔癖：「太美，全不察覺／巨大的安靜如你乾淨的
布鞋」；「再不了，動輒發脾氣，動輒熱愛／拾起從前的壞習慣／
灰心年復一年／小竹樓、白襯衫／你是不是正當年？」（柏樺《夏
天還很遠》）任性而焦躁的人，在時光中蹉跎、懷舊，這一切本色
卻近乎完美。就像詩中所寫「太美，全不察覺」，孩子般的天真，
毫無矯飾，卻能精準地切入人世滄桑。「記住吧，老朋友／唯有舊

---

[10] 敬文東，《中國當代詩歌的精神分析》，中國社會出版社，2010年，131頁。
[11] 轉引自羅蘭·巴特，〈批評與真實〉，《神話修辭術＆批評與真實》，屠友詳、
    溫晉儀譯，上海人民出版社，2009年，246頁。
[12] 鐘鳴，〈鐘鳴：「旁觀者」之後〉，《詩歌月刊》，2011年，2期。

日子帶給我們幸福」，（柏樺《唯有舊日子帶給我們幸福》）像這樣再平常不過的句子，在柏樺的詩歌中，卻有一種攝人心魂的力量：「想起去年你曾來過／單純、固執，我感動得大哭」。（柏樺《唯有舊日子帶給我們幸福》）也許，能夠打動人心的正是某種單純與固執，即使看起來笨拙、少於修辭的變化、充斥著青春期的各種情緒：「叛逆的動亂的兒子／空氣淹死了你的喘氣和梳子／你笨拙的頭髮和感情」。（柏樺《海的夏天》）葉芝（William Butler Yeats）年輕時寫下的《當你老了》（when you are old），遠遠不及他後來成熟時期的作品。人們依然被感動，去傳誦。時間賦予這首青春詩歌一個永恆的戀人軀體：葉芝的一生都愛慕那位不願和她在一起的壞女孩。當語言和它撼動人心的軀體一起到來時，幼稚或青春期的傾訴，都有可能獲得某種永恆感。

　　然而，沒有哪一種寫作不給自身造就形式的牢籠。語言的因循守舊，在柏樺後來的詩歌中顯得越來越力不從心，他曾說過：「我在心浮氣燥的生活中踉蹌著腳步，根本無法靜下來閱讀和思想。我早晚會落後的，有人這樣預言：『抒情詩人先寫氣、再寫血，然後氣血寫盡就是死路一條了。』」[13]鐘鳴也說，這句話用在柏樺身上是合適的。在談到柏樺詩歌《懸崖》中的幾句詩：「此時你製造一首詩／就等於製造一艘沉船／一顆黑樹／或一片雨天的堤岸」時，張棗說：「他將暗喻命名的自律傾向絕對化，並發揮其動—賓結構的及物功能，使被命名的詞語直接變成實存的事物。」[14]簡單的句式，在詩歌與沉船、黑樹、雨天的堤岸之間劃上等號，卻大膽截獲了眾多詩人的夢想——讓詞直接變成物。而談到柏樺1990年創作的

---

[13] 柏樺，〈左邊—毛澤東時代的抒情詩人〉，《青年作家》，2008年，11期：63頁。
[14] 張棗，《朝向語言風景的危險旅行—當代中國詩歌的元詩結構和寫者姿態》，上海文學，2001年，1月號：77頁。

《現實》：「這是溫和，不是溫和的修辭學／這是厭煩，厭煩本身」時，張棗直言是一種氣用完了的感覺。這些句子還在強調語言對應的身體，強調詞與物的統一性，卻喪失了《懸崖》帶來的驚詫感。真正的原因也許在於，驚詫感是一次耗盡的。柏樺對舊式生活與語言的眷戀，契合他性情中的任性、偏激，曾一蹴而就地造就詩歌中的美感與煽動力。但繼續延續下去已不再合時宜了。沒有不散場的青春，柏樺固守的語言，彷彿永遠屬於1980年代。現實或他幻想中的東西死去一點，語言就流走一點。年齡增長、世事變幻，直至詩人完全喪失青春的「白熱」，詩歌也就徹底死去。

　　類似於巴布亞人的語言，封閉而美麗，每個詞語都是對身體的執著，把身體的參與度推到極致。極致後是衰退，如果不死去、不放棄這種語言方式，就只能重複與模仿，無味、無聊與僵死般地活著。在談到米什萊（Jules Michelet）時，羅蘭・巴特說，有些死是假死，貌似死亡，半死，不死不活。對於這些沉睡般的死法，米什萊懷有深深地恐懼，針對這種可怕的麻木狀態，他提出印度和埃及的爽快死法——誠實的死法。米什萊盼望一種太陽般的死法，希望死後身體能夠晾曬於陽光之下，直至解體溶化。[15]不朽是可怕的，或者說追求不朽、陷入對不朽的狂熱崇拜中是可怕的。讓那些早該入土風化的屍體，繼續傳達半死不活的諭令，剝奪它們消逝的權利和尊嚴，這件事太過瘋狂。所以羅蘭・巴特才說：「肉體腐朽是復活的保證」，「在米什萊筆下的羅伯斯庇爾或拿破崙身上，不要指望看到原則性人物，那將過分抬高了他們的永恆性。或想成為歷史的獵物，他們就必須死去，必須在有生之年就顯示出某種關鍵的、

---

[15] 羅蘭・巴特，《米什萊》，張祖建譯，中國人民大學出版社，2008年，84—86頁，其中兩篇《死如長眠》與《死如太陽》談到了米什萊對死亡的看法，由於原文句子零散，本文作者稍加整合，概括到了一段中，不再一一引述原來的句子。

脆弱的品質，某種多血的情緒，也就是可以改變的，已經是陰鬱的情緒。」[16]語言也是如此，在柏樺這裡，身體化的語言表現為，它曾經輝煌地流露出銷魂的一面，生逢其時。更在於，它能夠勇敢地呈現死如太陽的自毀性。在語言一旦陷入極端，可能偏離身體、淪為活死人軀殼的時刻，讓自己及時腐朽，而非永生。柏樺具有這樣天才的預感：「是時候了！我白熱的年華，／那太短促的酷熱多麼淒清」。（柏樺《光榮的夏天》）

死如太陽與生如太陽，這樣形容柏樺的詩歌是恰切的，它們並存於他的語言中。那白熱的耀眼，指出自己的短促。它身處被包圍的光環中，孤獨地預言著消逝與死亡。即使在柏樺身上，這一切遠遠沒有達到悲壯性與堅決性。那些尾隨而至的小柏樺，那些一遍遍被重複與誤讀的句子，註定這本該適時死去的語言生的悲劇。鐘鳴談到一件事：「有一個人，很正常，軍隊出來的，也寫點什麼東西，柏樺一去——我和他一起去的，說你這個抒情，西南第一。弄得這個人就開始幻想了，研究生也不讀了，博士也不讀了，最後弄到監牢裡去了，什麼也沒有了。」[17]可怕的東西從來都不是它本身，而是一層又一層的周邊接觸和反應。人們會陷入偏狹：執著於文學還是生活，喜歡這一類還是那一類？但這些並不是非此即彼的排他性選擇。當然，需要有立場與原則，但妄執者真的知道自己想要的是什麼嗎？或者說，只是預先設定一個念頭，然後斷定這就是身體的真正所在。這些都是很難澄清的問題，人們不僅誤解別人，也誤解自己。在《阿爾喀比亞德》篇中，蘇格拉底（Socrates）和他的情人探討「認識你自己」，這句鐫刻在古老的德爾菲神廟之上的

---

[16] 羅蘭・巴特，《米什萊》，張祖建譯，中國人民大學出版社，2008年，86—87頁。

[17] 鐘鳴，〈鐘鳴：「旁觀者」之後〉，《詩歌月刊》，2011年，2期。

箴言。蘇格拉底說：「認識自己不是件容易的事呢，還是像獲得德爾菲神廟的銘文那樣輕而易舉，抑或艱難而非所有人的事。」[18]

　　柏樺的詩歌裡，有一種身體在語言中的現場感與真誠感，同時也有一種身體與語言微小或誇張的錯位感。認識你自己方能認識世界，這也是蘇格拉底不厭其煩的教誨。在詩人那裡，在語言和身體的統一與錯位中，生活本真的鏡像或哈哈鏡式的變形也呈現其中。難怪張棗要苦苦追尋：「哪兒，哪兒，是我們的精確呀」。（張棗《春秋來信》）

2

> 我要表達一種情緒
> 一種白色的情緒
> 這情緒不會說話
> 你也不能感到它的存在
> 但它存在
> 來自另一個星球
> 只為了今天這個晚上
> 才來到這個陌生的世界
>
> （柏樺《表達》）

　　《表達》是柏樺1981年的作品。1982年，鐘鳴辦的《次生林》首次發表這首詩。很多後朦朧詩的選集都把它收錄其中，看作詩學宣言。張棗說：「對語言的變革，就是對現實的變革，關鍵在於一定要出現一種新的寫者姿態，對被客體化了的『他者』絕不妥協

---

[18] 柏拉圖，《阿爾喀比亞德》，梁中和譯／疏，華夏出版社，2009年，159頁。

的言說姿態。」[19]這種新的寫者姿態就是《表達》流露出的，鐘鳴說：「在當時，這是南方最漂亮的作品。足以和北方詩歌——主要是『今天派』中任何一首名噪一時的作品媲美。」[20]柏樺的《表達》中流露出的寫者姿態，顯然不同於「朦朧詩」啟蒙或反叛的姿態：

> 水流動發出一種聲音
> 樹斷裂發出一種聲音
> 蛇纏住青蛙發出一種聲音
>
> （柏樺《表達》）

這首詩帶著南方式的細膩與敏感，從不能被感知的存在中尋求存在感的情緒——僅僅是情緒，沒有被刻意拔高到持久的、永恆的理想主義高度。「它是一種感覺和某種更深的情緒，帶有遺忘而試圖恢復的特徵，南方式的多愁善感和厭煩」。[21]南方的豐饒與濕潤滋生出這委婉的聲音。流動、斷裂、纏住，它們帶來的身體感覺複雜、微妙，痛得捉摸不透。而這種敏感易變、貼近身體變化的情緒，卻意外地獲得某種與人們息息相關的永恆感：

> 還有那些哭聲
> 那些不可言喻的哭聲
> 中國的兒女在古城下哭泣過
> 基督忠實的兒女在耶路撒冷哭泣過

---

[19] 張棗，《朝向語言風景的危險旅行—當代中國詩歌的元詩結構和寫者姿態》，上海文學，2001年，1月號：77頁。
[20] 鐘鳴，《旁觀者》，海南出版社，1998年，680頁。
[21] 鐘鳴：《旁觀者》，海南：海南出版社，1998年，第680頁。

千千萬萬的人在廣島死去了

日本人曾哭泣過

那些殉難者，那些怯懦者也哭泣過

可這一切都很難被理解

（柏樺《表達》）

　　鐘鳴說：「柏樺的詩是在世俗與不朽、在女性的精緻和政治的幻覺的互滲中建立自己隱喻的。」[22]這首詩，有很強的人文情懷。但是聲音被具象化了，不是生存的命題或理想，而是生存本身。在南方，在四川，在成都這滋養頹廢與閒散的土地上，聲音從一開始就很貼近身體。它關涉著身體的享樂、頹廢、焦躁、反抗和反思。南方的詩歌即萌生於這種世俗的、享樂的腐朽中。《表達》和柏樺的很多詩歌一樣，有一種即興的色彩。詩人率性的、對情緒的言說，突然邂逅不同時空中人們共同的歌哭，無意中和我們稱之為不朽的東西聯繫在一起。或許詩人對此並沒有清晰的認識。對他來說，這一切是難以被理解、純粹為表達而表達的情緒，即使它們不經意間觸動了什麼。比如，歷史、人性。張棗說：「這個聲音說出的圖片與其說表露了某些世界觀的聲明，還不如說完成了一個詩學的具有認知批判意義的過程。從而我們不難看出這個過程的元詩使命和功能：最為要緊的展露寫者姿態和詩學理想，並使其本身成為最具有說服力的人文感召力的詩意暗喻。」[23]表達者的原意是表達本身，即作為一個寫者對語言的追問。語言本身是什麼？在追問者精彩的追問過程中，世界也開始呈現，變得清晰。張棗的意思是：

---

[22] 鐘鳴，〈樹皮、詞根、書與廢黜〉，《秋天的戲劇》，學林出版社，2002年，68頁。

[23] 張棗，《朝向語言風景的危險旅行──當代中國詩歌的元詩結構和寫者姿態》，上海文學，2001年，1月號：77頁。

詩句中人文感召力的呈現，在元詩意義上獲得。史蒂文斯（Wallace Stevens）說：「詩人在任何時候都有一個功能，就是通過自己的思想和感覺來發現那一刻在他看來是詩歌的東西。通常他會在自己的詩歌裡以詩歌本身的途徑來顯露他發現的東西。」[24] 正是在這個意義上，所有詩歌都是元詩。

對柏樺而言，身體與世界的關係，詩歌言說的對象與詩歌本身的關係，通過超乎常人的直覺，而非深思熟慮獲得：

　　　　那麼我們該不該重複
　　　　該不該反復把它提出
　　　　我們究竟該不該
　　　　端正自身回答它
　　　　翻來覆去抱一種真誠的態度

　　　　一些你們的事你們得做
　　　　一些他們的事他們得做
　　　　一些天的事天得做
　　　　但問題是我們該不該重複

　　　　　　　　　　　　　　　（柏樺《態度》）

天才自有他看待世界的方式，「態度」在柏樺這裡，不是重複一種循規蹈矩的生活姿態或寫作方式。真知灼見，也許會誕生於一種翻來覆去的思考中。但並不適用於柏樺，他那裡不存在「端正」。他宣稱：「向黃昏、向暗夜迅速過渡的下午充滿了深不可

---

[24] 史蒂文斯，〈必要的天使—現實與想像文論〉，《最高虛構筆記》，華東師範大學出版社，2008年，273頁。

測的頹唐與火熱的女性魅力」，而他本人則繼承了典型「下午少女」母親血液中的「下午速度」，被塑造為一個「怪人」、一個下午的「極左派」、一個母親的白熱複製品，同時也被塑造成一個詩人。[25]且不論事實怎樣，柏樺的詩歌確實極大程度地背離著「端正」：「抒情的同志天長地久／抒情的同志無事生非」。（柏樺《犧牲品》）一邊是永恆，一邊是無用地浪費生活，朝向兩邊都是傾斜。或者「歌唱直到死」，（柏樺《祝願》）或者頹廢下去，「灰心年復一年」。（柏樺《夏天還很遠》）歐陽江河說：「柏樺的詩歌都使我們對美的感受和對詞的理解發生了傾斜。」[26]柏樺憑直覺獲得這種傾斜感，在他的詩歌中，世界、自身、道德，包括詩歌自身，都因傾斜而擁有一種不同尋常且頗具爭議的美感。

「世界是一棵樹／樹上吊死了黃昏／脖子的碎片紛紛撒落」（柏樺《給一個有病的小男孩》）；「該是怎樣一個充滿老虎的夏天／火紅的頭髮被目光喚醒／飛翔的匕首刺傷寂寞的沙灘」（柏樺《海的夏天》）；「釘子在漆黑的邊緣突破／欲飛的瞳孔及門」（柏樺《或別的東西》）；「她的熱血太刺眼了／她決定自殺」（柏樺《側影》）；「性急與失望四處蔓延／示威的牙齒啃著難捱的時日」（柏樺《鐘斯敦》）；「看！她正起義，從肉體直到喘氣／直到牙齒浸滿盲目的毒汁」（柏樺《恨》）。柏樺的詩設置著種種危險場景，身體在其中有自殘傾向，鐘鳴用「自瀆」一詞形容。然而這些危險場景，卻獲得了美感，張棗在《鏡中》直言：「危險的事固然美麗」。不同於純粹的、無爭議的美麗，這類美麗設置危險，也就設置警覺——不至於因為沉溺美而麻木。荷爾

---

[25] 柏樺，〈左邊──毛澤東時代的抒情詩人〉，《青年作家》，2008年11期，3頁。
[26] 歐陽江河，〈柏樺詩歌中的道德承諾〉，《站在虛構這邊》，生活・讀書・新知三聯書店，2001年，230頁。

德林（Hlderlin Friedrich）說：哪兒有危險，哪兒就來了營救。柏樺為自身、世界，還有詩歌，都放了個翹班在懸崖邊上，文字的傾斜步步逼近危險：「此時你製造一首詩／就等於製造一艘沉船／一顆黑樹／或一片雨天的堤岸」。（柏樺《懸崖》）詩歌將自身置於這毀滅性的悖論中：如果說有一種美安然地存在於道德安全中，同樣也有一種美，摧毀著正在麻痺的安全，將它推向反面的極致。沉船、黑樹或雨天的堤岸，都在不安全中呈現出美的姿態，如波德賴爾（Charles Pierre Baudelaire）的「惡之花」，保羅‧策蘭（Paul Celan）的「黑牛奶」。

在談到藝術的高貴性時，美國詩人華萊士‧史蒂文斯強調它的時代性，他說：「高貴的觀念存在於今天的藝術僅是以墮落的形式或是在一種大為縮小的狀態，如果，事實上，它根本還存在或並非處於忍耐中；並且這是源自於想像與現實之間關係的失敗。」[27]古典的高貴到了現代，很可能就是一種不合時宜的矯揉造作，那個因時因地的身體已經缺失。因此史蒂文斯說：「正如波浪是一種力量而非它所構成的水，從不會一模一樣，高貴也是一種力量而非它所構成的表現，從不會一模一樣。」[28]柏樺詩歌中的傾斜感，某種程度上講，正是作為波浪這般的力量存在。這是一種不安全的、隨時可能翻船的力量，但它同時帶來一種可能性，讓古韻重現。在柏樺這裡，舊式文人的怪癖、氣質型的單純與敏感，同他詩歌中的漢語性相融合，散發出巨大的魅力——至少是趣味性的，即使其中的深刻性經不起推敲。他輕而易舉地游弋於古意的豐盈中，隨意撈取它的甜美、閒適甚至怪癖。以身體為契約，時間彷彿靜止了，人們停滯、繼

---

[27] 史蒂文斯，〈高貴的騎手與詞語的聲音〉，《最高虛構筆記》，華東師範大學出版社，2008年，283頁。
[28] 同上，300頁。

繾，在傾斜的快意中頹廢與享受，無關理想、不事生產：「在清朝／詩人不事營生、愛面子／飲酒落花、風和日麗。」（柏樺《在清朝》）身體在場，正是基於此，古韻才不會淪為花里胡哨的裝飾品。

《蘇州記事一年》裡，民俗中的重要日子與事紀被羅列於詩中。種田問神、遊玩過節，詩人把它們寫得清雅有趣：「六月六，寺院曬經／各戶曬書籍、圖畫、衣被／黃狗洗澡、打滾」；「九月九，郊外登高／望雲、望樹、望鳥／小販漫遊山下」；「十一月，日短夜長，市場發達／財主收租、收賬、剝皮／而冬至如大年／農民重視」。句子清新生動，有幾分慵懶與譏誚感，很符合柏樺身上的舊文人氣息。他有享樂主義情結，在這種情結之下，世俗生活中的樂趣、哀愁甚至苦難，都被歸於農事勞作時間的漸進與往復中。於是這一切彷彿都被淡化了，在生生不息的時間流走中。而時間也同時被世俗的事件賦予有限性與速朽性。這就是身體的在場，詩人自己的癖好清晰地在場於這種時間中：彷彿隱約朝向「七月流火九月授衣……」那古老而樸質的農耕時代，又安閒地置身於登高、望雲、漫遊的文人式享樂中。說到母語與詩人的關係，鐘鳴在談曼德爾斯塔姆（Osip Mandelstam）時，用淮德拉的故事做比喻：希波呂托斯拒絕後母淮德拉的亂倫要求，卻受到後者的污衊，繼而受驅逐。母語有她的雙面性，詩人既受其庇蔭也受其戕害。柏樺的享樂主義和世俗情結，沒有讓他深入到漢語性中一個很重要的問題，即詩人在語言上的自我放逐。「家是出發的地方」（Home is where one starts from），（艾略特《四個四重奏》）母語與詩人之間的關係在這個層面上更為深刻。而柏樺，他彷彿是母語受寵的小兒子，承襲著華麗得體的服飾，即母語安閒、享樂的一面。這也是鐘鳴說柏樺詩歌舊的成分最多的原因。

當然，即便如此，也不妨礙怪癖的出現，最受寵的也有理由

任性:「有一個人朝三暮四／無端端著急／憤怒成為他畢生的事業／他於1840年死去」。(柏樺《在清朝》)柏樺在回憶錄中說:「『無端端』的意義開始若有所思地扎進我的腦海,無端端的愛、無端端的恨、無端端的鼻血,以及我即將開始的並非無端端的文學(十年後,當我讀到梁宗岱譯的德語詩人里爾克的一首詩《嚴重時刻》時,才最終明白了我那時『無端端』的意義)」。[29]「無端端」正好體現出身體的在場感,一切沒有被提前預設好。就像《望氣的人》中,原本是「一個乾枯的道士沉默」,後來應付維的建議將「道士」改為「導師」。身體的現場感被這個改動的詞語及時呼出,兩個時空奇特地融合,政治話語在巫術般的古韻中曖昧閃現。有意思的是,造就這奇特之美的原因也是即興的:那時流行互相改詩、採氣,這是再鮮活不過的身體與語言契合的實例。

　　柏樺身體力行地漫步於古韻之中,甚至不會多出哪怕一點點的追問與自省。他氣質型的怪癖,又剛好為這種舊的韻律增添生動的、在場的身體,古韻在柏樺詩歌中煥發出的迷人魅力也正在於此。此時此地的身體,呼應著遙遠時空中的聲音與場景:「望氣的人看到了／他激動的草鞋和布衫」。(柏樺《望氣的人》)激動的是此在的身體,「小竹樓、白襪衫」和「草鞋和布衫」遙遙相對,詩人柏樺的年代邂逅一個神秘望氣人的年代。柏樺是一個語言的享樂主義者:「望氣的人行色匆匆／登高眺遠／眼中沉沉的暮靄／長出黃金、幾何與宮殿」。(柏樺《望氣的人》)身體,彌漫著巫術氣息,鍛造出極端豐盈的物質性。過度豐盈的物質性,以其奢侈滋養精神性,後者優美、華貴,卻依附而懶散,它的漫不經心與對外物的不牽掛,從來不是超然於物的。柏樺詩歌中的漢語性,是享樂與豐裕

---

[29] 柏樺,〈左邊──毛澤東時代的抒情詩人〉,《青年作家》,2008年11期,13頁。

的。它陳舊，卻被特別的身體激發活力。身體「行色匆匆」或「朝三暮四」，但總能喚起激情與動力。人們重返古意，閒散或遠遊，傷懷貴族凋零的陳跡，或見證農事忙碌而不失悠閒的一年。超常敏感的身體，投向母語中最適合自己的部分。新與舊在衝撞與契合中，產生奇特的魅力。但是很顯然，對於母語和詩人，這一切遠遠不夠。

3

　　　偶然遇見，可能想不起
　　　外面有一點冷
　　　左手也疲倦
　　　暗地裡一直往左邊
　　　偏僻又深入
　　　那唯一癡癡地掛念
　　　夏天還很遠

（柏樺《夏天還很遠》）

　　歐陽江河曾提到過柏樺詩歌中的「減速」，他說：「速度和鋒芒把柏樺的寫作引向了可怕的深處，並且把傷害變成了對極樂和憂鬱的雙重體驗」。這種首先針對寫作者本人的傷害導致柏樺詩歌寫作的減速。[30]實際上，在柏樺那些沉浸於古韻吟詠的詩歌中，展現出的就是對速度的緩釋：「你用刀割著酒，割著衣袖／還用小窗的燈火／吹燃竹林的風、書生的抱負／同時也吹燃了一個風流的女巫」。（柏樺《李後主》）不得志的憂愁、對現世經濟之途的幻想，混合著懶洋洋的、享樂主義的色情感。在這類詩歌裡，有一種

---

[30] 歐陽江河，〈柏樺詩歌中的道德承諾〉，《站在虛構這邊》，生活‧讀書‧新知三聯書店，2001年，226頁。

從天性的緊張與敏感中鬆弛下來的頹廢之美。在另一類緩釋速度的詩歌中，比如《夏天還很遠》、《唯有舊日子帶給我們幸福》、《往事》裡，也可以找到這種頹廢感。那是一種疲倦下來的感覺──從速度的激情中：「七十二小時，已經七十二小時／她淒清的加速度／仍以死亡的加速度前進」（柏樺《騎手》）；從「左」的狂熱中：「喘不過氣來呀／左翼太熱，如無頭之熱」（柏樺《夏天，啊，夏天》）。疲倦感迎來另一個身體：「我已集中精力看到了／中午的清風／它吹拂相遇的眼神／這傷感／這坦開的仁慈／這純屬舊時代的風流韻事」。（柏樺《往事》）一個暫時處於寧靜的身體，沉浸在舊式文人憂鬱而慵懶的「一晌貪歡」中。一個舊時代的、忘年戀的風流韻事，也是清風即時吹拂的產物。一切都是剎那的相遇與離別。在波德賴爾《給一位交臂而過的婦女》一詩中，讓人們無法忘懷的是女人的「最後一瞥」，而不是第一瞥，本雅明稱為為毀滅之愛。也許，在即臨的消逝感中，美才是更徹底、更讓人傾心投入的。「風」與「風流」在這兩首詩中雙雙出現，人們為什麼會重複自己？原因也許很簡單，他們不由自主地重複自己。對享樂的沉湎和對它破滅的預感，似乎是等同的：風即燃即滅的風流；清風聚集相遇的眼神，又帶走因此而起的風流韻事──沒有什麼不同，對於柏樺來說。不管是懷念一個想像中的過去、還是親身經歷的過去，它們都彷彿屬於一個更遠的過去。不過些把握不住的風，帶來緋聞與謠言，那些純屬舊時代的風流韻事。

　　速度與鋒芒對詩人的傷害，就像一種劇烈的毒。緩釋類似於麻醉藥，讓身體的緊張感舒緩下來，卻並不能消除它。敬文東說：「柏樺的減速是不成功的」[31]，的確如此，或者說天性如此。柏樺

---

[31] 敬文東，《當代詩歌的精神分析》，中國社會出版社，2010年，141頁。

的詩歌缺少對話性，天性不允許。鐘鳴說：「他是非常關注自我的一個人，語言上病態性的東西比較多，這是很明顯的。而且對他人的理解幾乎等於零。」[32]「柏樺海派似的品頭論足（說的什麼，通過哪根舌頭，有無出入都是問題），就曾使小翟生氣。」[33]當然，促成柏樺詩歌中最激動人心、最具有煽動力的語言，也可以從這種天性的怪癖中找到原因。也許，很難說什麼是好的，對於一個詩人，一個人。張棗談到魯迅時說，他的寫作是出於一種怪癖。如果沒有執著於某種東西的怪癖，或許就只是平庸，性格的平庸和寫作的平庸。但人們呈現出的最優秀的自己，並不意味著通過迷失天性獲得，即使上天的賜予本是豐厚的、旁人渴望而不可及的。1980年代，四川聚集的詩人中才華橫溢、心高氣傲者比比皆是。憑才分與天性的狂傲達到的成就，類似於那早已懸空於自身深淵之上的舞蹈。然而自知者，能夠意識到的人，有幾個？詩人胡冬說：「我相信詩人個人的異質性的注入才是寫好一首詩的關鍵，那就是他知道如何發揮並抵抗自己的才能。」[34]柏樺缺少這種能力，或者說通常講的天時、地利、人和，在他這裡都不具備：1980年代灼熱的吶喊，滋生腐朽的土地，天真、充滿怪癖而「無端端著急」的人。因此，不管有什麼形式上的減速，柏樺始終「暗地裡一直向左」，走向天性中深入而偏僻的地方。「無窮的歷代的典籍／阿拉伯的數學書／亡靈書，發黃變脆的詩稿／同樣會使你想起一次無益的遠征／以及一個天才被浪費的危險」。（柏樺《書》）對於柏樺，這個在速度與激情中、慵懶與享樂中挫傷與消磨才華的人，也是一種識吧。

---

[32] 鐘鳴，〈鐘鳴：「旁觀者」之後〉，詩歌月刊，2011年，2期。
[33] 鐘鳴，《旁觀者》，海南出版社，1998年，867—868頁。
[34] 胡冬，《詞語在深度的流亡之中向母語回歸》，滇池，2011年，3期：50頁。

「濃酒傾入，匯入寒流／釀造出夢遊者的節日／詞彙從虛妄的詩歌中暈倒」，（柏樺《青春》）詩人身上，命定地承襲著酒神精神，迷醉而狂亂。柏樺用「虛妄」一詞，詩歌能製造出語言與夢想的盛宴。然而，承襲酒神精神的詞語，本身卻是眩暈的、或者說恍惚的，它缺少忠實於身體的能力。在夢想的語言與製造夢想的身體之間，有多大的錯位呢？由於和曼傑斯塔姆詩歌的相遇，柏樺在「那個生活在神經裡的人」（柏樺《獻給曼傑斯塔姆》）那裡找到適合自己的、「突變性」（鐘鳴語）的語言。在獻給曼傑斯塔姆的詩歌中，柏樺說：「今天，我承擔你怪癖的一天／今天，我承擔你天真的一天／今天，我突出你的悲劇」。這其中包含某種真實性與真誠性，有一個詩人對前輩詩人的致敬，也有詩人對自己語言與身體的指涉。「怪癖」、「天真」與「悲劇」，可以不同程度地從柏樺那裡找到對應。然而詞語的曖昧性呈現了，人們究竟在什麼尺度上去呈現詞語，一個詩人那裡的真誠到了另一個那裡可能就是矯情。詩歌的修辭，在何種程度上才是不做作的？三個結構相同的句子，有一種語勢上的強化與煽動。並不是說，柏樺的致敬是虛假的，也並不是說，他自己的身體在語言中是缺席的。空洞的矯情對於柏樺來說是不存在的。詞語在什麼地方恍惚了？柏樺在何種程度上理解曼傑斯塔姆？僅僅是對他語言風格的喜愛與接受嗎？對於詩人曼傑斯塔姆來說，他的悲劇和柏樺所謂的悲劇在同一層面嗎？不要忘了這位白銀時代的俄羅斯詩人是怎麼死去的。當人們陶醉在詞語和句子的快感中，被酩酊的酒神煽動時，虛妄就產生了。如果說，柏樺以自負與桀驁的態度提及虛妄，以否定現時與現世的高姿態來提及虛妄——那麼虛妄剛好是一個反諷，人們以為自己在反諷地使用它，卻正好應了它的讖，這才是最大的反諷。

　　也許柏樺的致敬是真誠的：「啊，你看，他來了／我們詩人中

最可泣的亡魂！／他正超我走來」。（柏樺《獻給曼傑斯塔姆》）
在哪個層面來談詞語的恍惚感、它與身體的錯位呢？不是那種淺層
次的、可笑的附會。恍惚感也是一種美，一種不夠精確的美，身體
和語言往往就錯位於這種恍惚感中。人性的崇高與美麗能在瞬間迸
發，也可能轉瞬即逝，而詞語捕捉到的或許是前一個瞬間。不能說
那一刻是虛假的，然而那一刻同樣是局限的。柏樺的問題也在這
裡，他固守的詞語瞬間，當然有身體的在場，卻很有可能錯失了下
一刻：「那就下定決心吧／讓那人反復叩門／讓那人反復行走／讓
那人反復歎氣／讓那人反復痛哭／你就坐在這裡一絲不動」。（柏
樺《民國的下午》）他的詞彙少於變化，身體力行，自閉於一個系
統中，缺乏對話性和思考的延續性。我們一再強調身體對應於語言
的即時即地感，但妄執於此也是一種僵化，一旦僵化，身體就不復
存在。比如柏樺詩歌中屢次出現的那個「憤怒」的、「發脾氣」
的、「愛抱怨」的、「焦灼」的、「神經」的身體，相對於別人的
詩歌，尤其是北方「朦朧詩」一代那種理想式的、啟蒙式的詩歌來
說，表現為一種身體的在場，它與語言的契合。然而對於柏樺自己
來說，再現、再現……身體就因重複而再次逃離語言的軀殼。寫作
最難逃脫的命運是自我重複。

　　早在僵化之前，詞語的曖昧性和它與身體的錯位，就足以引起
警醒：「請宣告吧！麥子，下一步，下一步！／下一步就是犧牲／
下一步不是宴席」；「這又一年白色的春夜／我決定自暴自棄／我
決定遠走他鄉」（柏樺《回憶》）；「把汽車給我／把極端給我／
把暴力和廣場給我」。（柏樺《秋天的武器》）在柏樺的詩歌中，
這種詞語和句式帶來的激動與快感很常見。由於和他自身氣質的相
投，這些詩句在柏樺那裡很容易博得人們的好感與追逐。在《鐘斯
敦》中，詞語的煽動力幾乎被推向極致，這是1980年代一直受人追

捧的一首詩。鐘鳴說：「柏樺在南京上海，激動地被人群席捲而去，但當有人要他上臺面對大眾朗誦《鐘斯敦》時——『孩子們可以開始了，這革命的一夜，來世的一夜，人民聖殿的一夜，撼搖風暴的中心，已厭倦了那些不死者，正急著把我們帶向那邊』——他立刻退避三舍。」[35]人群被點燃了——很奇怪，詩歌有時彷彿真具有巫術功能，紙上的「革命」、「白得眩目的父親」就這樣來到現實中，我們怎麼能說身體是缺席的？也許是，太狂熱了。「他表達得速度太快了／無法跟上這個意義」，（柏樺《夏日讀詩人傳記》）這就是柏樺，他煽動了自己也無法跟上速度的詞語。對於詩人來說，身體是遲滯而羞澀的，相對於這肆無忌憚的詞語，幸虧如此。因為真正可怕的，也許並不是詞與身體的錯位，而是這種錯位的詞居主人之位後，再來煽動身體——好像要歸結到意識形態的問題上去了，被煽動的人群往往是盲目而可怕的。鐘鳴為何求索人性的問題，而不僅僅是詞的勝利。詞的勝利帶來的問題並不僅僅是它本身，而是人們會擴大、誇張與誤解它，在實際的生活中。什麼是「革命」呢？顯然詩歌並不是一板一眼地來考據詞源、考據歷史的。柏樺可以這麼使用「革命」一詞，一點也不妨礙詩歌的美妙與激動人心，甚或某種程度上它還促成這美妙。然而說到底，值得人們感動與追隨的東西究竟是什麼呢？如果談到價值判斷，就不可能再沉浸於帶來快感的句子，那些即興的、被煽動的情緒中。在這個層面上，詞的勝利是站不住腳的——甚至，是危險的。

　　柏樺詩歌中的道德感確實是模糊的，深究下去，或許在身體的隱秘與幽暗之處，人性與道德本就是曖昧的。即使詩人柏樺熱愛這極端與狂熱的政治話語，也只是它們剛好符合他身體中偏執的一

---

[35] 鐘鳴，《旁觀者》，海南出版社，1998年，900頁。

面，無論源於天性，還是源於被過度規訓而導致反叛的童年。因此，再強硬而莊嚴的政治話語，和詩人極端個人化的、那激烈而神經質的聲音相遇，都顯得曖昧而詭異。這種聲音是蠱惑性的，引你投入其中；它又誇張地撕去自己的面具，指出真相讓你畏懼不前。天才神經病的傑作，締造出惡的吸引力。惡的吸引力，不僅僅在於懸置道德價值判斷去趨附美那樣簡單，還在於它動搖了善惡的界限，而這個界限往往也是被意識形態規定的。被上帝厭棄的索多瑪，成為文學中不朽的探討，普魯斯特《追憶似水年華》中的《索多姆和戈摩爾》，薩德招致無數攻擊的《索多瑪的120天》。當然，動搖善惡的界限，是很危險的事情，對於現實生活尤甚。然而有關惡，喬治‧巴塔耶（Georges Bataille）的看法未嘗沒有道理：「人並非註定與惡連在一起，但是如果可能，他不應該自己禁錮在理性範圍內。他首先應該接受這種界限，必須承認估量利益的必要性。但是，對於界限和必要性，他應該知道，不可缺少的部分自主權已經離開了他。」[36]當人們試圖挑戰這個界限時，很可能被惡吞噬。因為一旦開始，就意味著：投入自身那不能被揣測的無邊幽暗與危險中，可能永無盡頭。遺憾也好，意料之中也好，詩人柏樺留在了他的1980年代，那還未散場的青春宴席中。鐘鳴說他單純、羞澀、敏感。也有人說他世俗而有心機。總可以得到針對一個人的兩個完全相反的論斷，哪怕評判者不是別有用心的。就像可以從每個作品中找例子，去印證「人如其文」，也可以找到相反的例子去推翻它。語言的呈現與掩飾，總是同時獲得這兩面，不管人們的原意是什麼，抓住硬幣的一面時，另一面已經在手心。甚至身體本身的在場與否，都有難以判斷的曖昧性。真誠和矯飾總是並存的。實

---

[36] 喬治‧巴塔耶，《文學與惡》，董澄波譯，燕山出版社，2006年，第16頁。

際上，我們都生活在恍惚性中，不甚完美與精確。詩歌也如此不完美、不精確。回過頭去看1980年代的詩歌，不管那是怎樣一種危險的舞蹈，讓呼吸集中在「刀鋒」[37]上，但它們的確是那個時代幸福的抒情：「再集中一些吧／集中即抒情／即投身幸福的樣子／即沉迷的樣子」。（柏樺《節日》）

---

[37] 柏樺，春天：「思鄉的小小月亮走了／更秘密的美和一個男人／以及我所真愛的焦慮／為清晨五點的刀鋒所固定」。

OUYANG JIANGHE

扼殺呼吸的
美杜莎之首

一分鐘落日，多出一分鐘晨曦。
一分鐘今生，欠下一分鐘來世。
一分鐘，天人老矣。

——歐陽江河〈一分鐘，天人老矣〉

2

歐陽江河，1956年生於四川省瀘洲市，《今天》文學社社長。著有詩作及詩學文論集《誰去誰留》，文論及隨筆集《站在虛構這邊》，詩集《透過詞語的玻璃》、《事物的眼淚》、《鳳凰》、《手藝與注目禮──歐陽江河詩選》，中德雙語詩集《速食館》，中英雙文詩集《重影》，中法雙語詩集《誰去誰留》。其詩作與文論被譯成英語、法語、德語、西班牙語、俄語、義大利語等十多種語言。自1993年起，多次應邀赴美國，德國，英國，法國，義大利，荷蘭，捷克，匈牙利，奧地利，日本，印度等國，在三十餘個大學及文學基金會講學，朗誦，訪問，被視為80年代以來中國重要的代表性詩人。

歐陽江河

02 歐陽江河
扼殺呼吸的美杜莎之首

在一次訪談中，提到自己早期的重要作品《懸棺》時，歐陽江河說：「《懸棺》發表於1985年，但寫作時間是1981至1983年，每年只寫一章，從綜合性和難度上看，這首詩明明白白地擺在那裡。它把現代漢語的地域特徵、帝國特權和巴蜀文化中『巫』的感覺混合在一起書寫，體現了將中國古漢語與現代中文加以異質混成及綜合處理的某種寫作抱負。對我自己而言，可以說，經由《懸棺》這首詩，我把古典文學長期對我的影響作了一個了斷，此後我可以開始一種新的、完全不同的寫作。文學是毒之花、惡之花、虛構之花，毒是一種幻覺也是一種能量，《懸棺》解了古典文學在我身上的毒，以後我再寫就是《手槍》那樣的詩了，它們直接處理的是詞與物的關係，詩歌中的時間與場景的關係，出現在我的寫作中的是咖啡館、圖書館、廣場、工廠、英語角、火車站、街道、服裝店、快餐館、威尼斯這樣的場景，以及感恩節、夜半、午後、四月、星期日、秋天、春天等帶有觀念和心靈性質的時間。前後期寫作，《懸棺》是一個分水嶺，之前是文化的，之後是處理當代事物的寫作，一直到現在。」[1] 這首詩被

---

[1] 歐陽江河，〈沒有了詩歌，就不會有下一個奧斯維辛嗎？〉，《經濟觀察報》，2006年6月12日。

歸於文化詩或史詩的範疇。《懸棺》之後，歐陽江河的詩歌風格確實發生了改變，這一點是毋庸置疑的。鐘鳴談到一個很重要的人，麥克‧盧漢（M. Mcluhan），他說歐陽江河，甚至他自己，都很大程度上受到這位加拿大傳播學學者的影響。修辭華麗的《懸棺》，對詩人而言，是否真正作為一個有切膚之痛的軀體，在古典的毒汁中煎熬成美麗的惡之花？還是，某種過度的修辭，把生活與身體甩得很遠？

　　在古希臘的神話故事中，人的目光一旦被美杜莎美麗的面孔吸引，在觸及她受詛咒的頭髮那一刻，化為冰涼的石頭。齊澤克為這個故事延伸出一個隱喻空間：「我們所看之物的被固定（或者凍結）的最初點是凝視本身：凝視不僅遏制了它的目標，而且其本身就是被固定的凍結點。美杜莎之首難道不是預示著這樣一種凝視，當它與原質過於接近，『看到太多』，便會遭到凝固？」[2]歐陽江河很敏銳地意識到文化詩或史詩的一個弊病，即對古典文化過度凝視，導致自身僵死。這美麗而充滿致命之毒的美杜莎之首，阻礙著現代漢語詩歌的寫作。歐陽江河寫作這組詩，受楊煉影響，也處於一種凝視的危機中，布魯姆曾用「影響的焦慮」來指稱這一現象。在《懸棺》中，詩人充滿危機意識：「那麼你，倖存者，面對高懸於自身隕落的惟一瞬間，有什麼值得慶幸？被無手之緊握，無目之凝視所包圍，除了你自己，除了一代又一代的盲目，又能收穫些什麼、炫耀些什麼？」（《第一章　無字天書》對於倖存者來說，他不是古典文化的受益者，儘管後者以絕對的優越感超越現代性帶來的種種不安與焦慮。但對於現代詩人來說，被捲入破碎與動盪的現代性而面臨隕落，並非通過這樣一個強勢的文化傳統，就能夠化解危機。古典文化傳統在造就經典的同時，也讓感知麻木。它就像美

---

[2]　齊澤克，《幻想的瘟疫》，胡雨譚、葉肖譯，江蘇人民出版社，2006年，105頁。

杜莎的面容，美麗卻充滿惡意。人們僅僅一瞥，就讓自身成為冰涼的石頭，喪失呼吸。

「朦朧詩」一代，就有楊煉的「文化史詩」寫作，而且他後來越寫越複雜、越寫越深奧。然而，人們已經錯失了對遙遠時代的感知與把握。麥克・盧漢（Marshall McLuhan）說：「笨重不便、大而無當的媒介，比如石頭，把縱向的時間粘合起來。他們被用來書寫時，是很冷的媒介，它們把許多個時代粘合成一個整體。另一方面，紙卻是熱媒介，他把橫向的空間聯成一片，在政治帝國和娛樂帝國裡都是這樣的。」[3]麥克・盧漢精彩比喻中的紙，早已替代了石頭，人們已經無法用前人的思維去感知現在。也許詩人們總是心懷時間循舊者的情結，試圖在詩歌中梳理一條縱向的脈絡，能夠像鐫刻在石頭上的字那樣保持恒久。然而這種情結有危險性，即史蒂文斯說的：「高貴的觀念存在於今天的藝術僅是以墮落的形式或是在一種大為縮小的狀態」，想當然的古典的恒久性，已然在現今的感知方式中僵死。我們不可能在紙、電腦的時代，再去鐫刻石頭——如果僅僅出於資訊交流的需求。並不是說，藝術要媚俗時代的潮流，但是誠如波德賴爾敏銳察覺到的那樣：「現代性就是過渡、短暫、偶然，就是藝術的一半，另一半是永恆和不變」。[4]對古奧與艱澀的追求，讓這類史詩寫作變得冰冷而不可觸及，喪失了詩歌的因地制宜感。要為一首詩，去理解《周易》中某些玄奧的理念和一個難以確定發音與意義的字？鐘鳴說：「把詩歌骨架變成淺薄涉獵的易經，詩歌就會陷入詩歌以外的剃刀邊緣。」[5]

---

[3] 麥克・盧漢，《理解媒介——論人的延伸》，何道寬譯，商務印書館，2000年，52頁。

[4] 波德賴爾，《波德賴爾美學論文選——1846年的沙龍》，郭宏安譯，廣西師範大學出版社，2002年，424頁。

[5] 鐘鳴，《旁觀者》，海南出版社，1998年，838頁。

詩人們必須去面對永恆的另一面，那易於消逝的瞬間，並借之把握永恆。詩歌並不僅僅是一種深度的鐫刻，尤其不是在一種看似古奧的偽深度中矯飾自己。現代感包含對即時性場景的處理和對廣度的輻射。在歐陽江河後來的詩歌中，如他自己所說「它們直接處理的是詞與物的關係，詩歌中的時間與場景的關係」，咖啡館、圖書館、廣場、工廠、英語角、火車站、街道、服裝店、快餐館、威尼斯……這些場景均呈現出歐陽江河詩歌的輻射度。他直接切入場景，在稍縱即逝的時間中把握事物之間的微妙關係。

1

　　「現在讀到的天書以眼睛為文字，每一隻眼睛是一種語言的消逝或一堆風景的破碎，繁殖禁忌或遁辭」。（《第一章　無字天書》）在《懸棺》中，對古典文化的影射從神秘的「無字天書」開始。從浩瀚的卷帙中翻閱出無數記載過去，記載過去的事件與精神的書本，那些是被記錄下的歷史。早在古希臘，亞里斯多德（Aristotle）就提出過歷史與詩的差別在於：「一敘述已發生的事，一描述可能發生的事。」[6]無字天書徵兆著一條隱秘的精神脈絡，遠遠不是一本被編年的歷史，也不是一部被整理妥帖的詩集。「眼睛」取代「文字」，注視著隱秘的、不允許被記錄之事，文字往往只是增刪、歪曲或篡改。因此，這條隱秘的精神脈絡，從一開始就帶有輓歌性質，它囊括的那些語言事件，喪失了被載入冊的資格，因而自行消失。這種消失是被迫的，無字天書實際上是禁忌的產物，記載無法進入正史的東西。詩人接受的就是這條隱秘精神脈絡的傳承，他們秘密會意「無字」，把保存與修改它作為使命：

---

[6] 亞里斯多德，《詩學》，羅念生譯，上海世紀出版集團，2006年，39頁。

「回聲浮動，層層山群睡如美人。黃梅之雨在無可奉告中懸掛，遍地歌哭曬成鹽中之鹽」。（《第一章　無字天書》）一代又一代人，朝向這隱秘的精神脈絡，在他們的呼喊與回應中，詩歌的精髓得以保存。四川人被稱為「人中之鹽」，鹽即精華。四川詩人在北京開了一家川菜館，張棗取名「天下鹽」。1980年代聚居在蜀地的年輕詩人們，憑藉青春期的靈敏，向那隱秘的脈絡發出自己的聲音：整體主義，新傳統主義……儘管這些被冠以這各種主義的詩歌名號，卻並沒有和那條脈絡中已經存在的聲音形成真正的對話。

「現在觸摸到的本體形同烏有：面對空曠八荒，面對生生滅滅、聚散無常、千人一面的族類，懸棺無魂可招，無聖可顯。皇皇天道瀉為風水，一空耳目幻象」。（《第一章　無字天書》）無字天書的存在可以是玄奧的，但也可以是虛無的──既然是無字，在賦予它意義時，就不可避免模糊性與隨意性。真正去接觸這條精神脈絡時，可能實際上什麼都沒有觸及，只有那些在時間中輪迴的虛妄之物。存在於過去時間中的精華，並非坐享其成就可以吸收它。史詩也好，文化詩也好，我們如果失去了當下感，就無法把握那看似玄奧、但有可能只是虛無的古典文化傳統。

「那是誰？」「有什麼值得慶幸？」「又能收穫些什麼、炫耀些什麼？」《懸棺》的第一章《無字天書》，就是在對這幾個問題的反覆陳述中開展的。「那究竟是誰？」追問並沒有得到明確的回答，只是在描述，讓原本就曖昧不清的東西更加捉摸不定：「無邊無際的齋戒使所有供品變為石頭」。母語在柏樺那裡呈現她安閒、享樂的一面。在歐陽江河這裡，她卻是神秘、冰冷而陰森的，人們無休止地朝向她的膜拜與尊崇，都不免在後者冰冷的注視下成為沒有生命力的石頭。「那究竟是誰」始終沒有得到明確回答，也就是人們並不清楚那無邊無際的齋戒指向的是誰？即便如此，卻依然盲

目地遵從。「被無手之緊握、無目之逼視所包圍」，指的就是這種盲目。一旦不加選擇地盲從於這個可以肆意擴張的母語，就會被後者吞噬。

在此前提之下，後邊的幾個問題幾乎變成了反問，即並沒有什麼值得慶倖的，也不能從中收穫什麼、炫耀什麼：「你，倖存者，除了死亡又能延續些什麼？」；「無數不可言說的症狀被隨意揉捏成各種器官，垂掛如懸賞，如版圖，誘惑如無蕊之花」；「成千次掠奪和奉獻之後，空無一物的收穫只能萌生饑餓」。在倖存與死亡之間，無蕊與花之間，掠奪、奉獻與饑餓之間，實際上都形成一種無選擇的選擇：彷彿是劫後，卻只能選擇再次死亡；彷彿光彩照人，卻沒有生命力的延續；彷彿是豐收的盛宴，卻空無一物。而所有這一切，徵兆的都是母語毀滅性的美麗。她誘惑詩人去誤讀她，讓他們處於自己隨意的揉捏中，進入毀滅的行列。

「建造那高高在上、下臨無地、橫絕萬世的空中城堡僅僅為了預示崩潰？」這是詩人發出的感慨。一方面，傳統作為一條隱秘的精神脈絡存在，吸引後來者不斷應和著它的召喚而加入其中。另一方面，它也充斥著無數陰森的陷阱。它的隱秘，既源於一種不可輕易被觸及的精神性，也同樣可以淪為神神叨叨的噱頭，看似高深而華麗，卻是空洞的姿態。那高高在上的空中城堡，作為一個華麗的姿態，吸引人們加入它。但作為早已抽空了軀體的外殼，這種加入只是把即臨的毀滅再向危險推進一點。

在第二章《五行遁術》中，詩人說：「既然一次又一次的生還依然返回一樣的謊騙，一樣的儀式，血，空無所有，那麼，死亡擁有一切。」還是那無選擇的選擇，看似被救贖的毀滅，最終仍不免死亡。遁術即是逃亡之術，逃亡卻是死亡：「天葬。土葬。水葬。火葬。風葬。」五行指涉一個大的、古老的文化環境，然而詩人從

中掘出的卻只有死亡之辭,所謂生只是短暫的生,如夢幻泡影:

> 你們以塗抹五毒的舞蹈聚束肢體,像微風的姿態來自斷樹,
> 透露並虛構陰影,讓獲救的短暫時刻完成時間,化為危巢之
> 卵遍野濺起。

> (《第二章　五行遁術》)

　　五行即是五葬,五行即是五毒——源頭之毒,染疾已久的文
化之毒。詩人胡冬曾寫道:「染疾的詞,代謝了它們輔佐的君子、
/刻辭,所有叫『玉』的石頭」。(《給任何人》十五)在歐陽江
河這裡,母語並沒有展現她優雅高貴的一面,甚至連「代謝」的過
程都談不上。她直接呈現自己的毀滅性,詩人們傳承的是那源頭之
毒。看似美麗的舞蹈,虛構生的姿態,卻在下一刻死亡。人們一旦
將目光從它的投影移向本身,就會發現它早已是死亡的斷樹這一事
實。也許,從來沒有所謂獲救,哪怕是短暫的時刻。一切僅僅是人
們在迷醉中暫時亢奮,被虛構的陰影欺騙:

> 誰也不知道在水一方的魚人是怎樣變作寧靜的圖騰,在浮起
> 的紋飾中囚於終生流放,在無水的陶罐中啜飲千年焦渴,在
> 弱於空氣的消逝中將魚之聲音敲叩成必朽之木。

> (《第二章　五行遁術》)

　　在詩人這裡,傳統作為圖騰被人們膜拜,卻不再具有有效性。
曾經飽滿而鮮活的身體,怎樣在時間中被掏空。它已經僵死,卻要
虛構出生的陰影來接受膜拜。古韻中的水在時間的流淌中乾涸,
再也喚不出在水一方那鮮活的、現場的身體。強行呼喚那明知不

可能再現的韻：有水的呼喚即成詩意，無水的呼喚卻是越來越重的焦渴，它損耗自身而求無所得。對於後來者，作為傳統而存在的精神脈絡是祕而不宣的。它在時間中經歷流亡，最終來到詩人身上。然而從一開始，曲曲折折的流亡，就已經被囚禁於一個隱祕的籠子中。被膜拜之物早已存在，即使我們不知道它為何存在，為何由一開始飽滿的身體變為紋飾中的圖騰。也許是，崇拜本身賦予了它存在。不管怎樣，艱難而耗費時間的努力，因為它的存在最終成為虛無。流放並沒有讓磨難中的詩歌獲得新的生命，反而讓它被囚禁於被膜拜者的陰影之下，命定地成為精緻的腐朽物。它就像隨時可能崩潰的空中城堡，華麗而無意義：

> 滿目狼藉中空無一物，於是花園並無肉體。

> 整座無花可開的泛泛花園是形而上的，一俟懸擱將永遠懸擱。
>
> （《第三章　袖珍花園》）

正如詩人所言：「花園與懸棺經由輪迴相混」。無字天書、五行遁術和袖珍花園都指向空，那無生命力、無肉體的軀殼之空。詩人反復用「無蕊之花」「無水的陶罐」「整座無花可開的泛泛花園」這類措辭。在《袖珍花園》中，空的流露借助於一種隱祕性。而這種隱祕性就如古代宮廷的後花園，是畸形的、病態的隱祕：「帶吸盤的窺覷是陷入太監之目的唯一勃起」。窺視之人的畸形，讓窺視染上病態與色情之美。窺視所能達到的目的，是生理性的勃起。但對於窺視者來說，這卻恰好是他預先就缺失的東西。那麼承受窺視所帶來的結果的，依然是窺視者的眼睛。毋寧說，生理性勃起的缺失，讓窺視者的窺視指向空無：飽含色欲的雙眼之後是無力

的身體。空虛、閉合、缺乏生命力的閉環。一行認為：「《袖珍花園》對中國傳統的『後宮』氛圍所包孕的性愛、『性情』的美學和政治意涵做了精彩的詮釋，『後宮—花園』隱喻的建立使中國社會在性、制度和美學上的暴力性質暴露無疑。」[7]也許，正是在對傳統宮廷、性、政治的隱秘性的探究中，詩人觸及到古典文化的暗疾，那無限張狂、彷彿充滿生機的欲望掩蓋著無能。

空無、虛無或無能，作為傳統文化之根的一面。另一面是，它的毒或疾。在前兩章中，詩人就已經涉及到這一面：「含混的端倪洞開於睡眠之終了，這就足以使眼睛長出芒刺和肉毒」（《第一章　無字天書》）；「你們以塗抹五毒的舞蹈聚束肢體」。（《第二章　五行遁術》）窺向傳統文化的眼睛，並不僅僅陷於空無，還會被它的毒灼傷或束縛：「在深入的花氣中生理被紫色燎傷了」。（《第三章　袖珍花園》）花園就是後宮，「苦果不孕」的花兒便是那「無性繁殖」的太監勃起之目，花氣即是「從末端到根須」貫通的陰氣。燎傷人的花氣，即充滿毒與疾的後宮不孕之陰氣。在文化之根雄性的那一面，詩人發掘出一個高高在上、不可一世，卻充斥著虛無，隨時可能崩潰的無字天書：「現在聽到的寂靜至高無上：它以暴君般的榮耀入主眾物的血肉之軀，朝五個方向狂奔成五匹烈馬」。（《第一章　無字天書》）在雌性的一面，他則探究到隱秘的、病態的袖珍花園：「風糾結成團，蕁麻滑走如蛇冷，貼著觸覺分泌肉感的怪香。裂葉斑疹向重心擴大崩潰之後的寧靜，阻遏飛鳥的占象，而把無邊昏熱旋轉成裙裾的繚繞」。（《第三章　袖珍花園》）花園中的植物同身體建立起隱喻關係，它們均有令人不安的病態之美，這就是古典文化之根的另一面。詩人說：「於是花

---

[7] 一行，詞的倫理，上海書店出版社，2007年，4頁。

園被削減到古典的瘦度」。古典的瘦度自有一種美，卻偏狹而少生機，甚至構建美的原本就是疾病：「需要各種疾病像空地一樣容納品類不一的花卉和植物，最後的疆域只能在入藥的偏方中劃定」。（《第三章　袖珍花園》）疾病、花卉與植物、藥，它們之間的關係是：疾病促成美的生長，作為美之隱喻的花卉與植物，反過來再為疾病開出診治的藥方。以毒攻毒，是為偏方？傳統文化的怪圈是，它在源頭上就已經染疾、已經不清白，人們卻試圖用這土壤之上的藥（毒）來治癒它自身。難怪詩人說：「所有的軀殼將以此冷卻於同一個讖語，被灌滿鉛毒的寓意越纏越緊，憑空結石。」仍然是一種病症，症之源頭在於空。不解空而結石；人們為空賦予的寓意越多，毒就越深。說到底，怪圈是自己劃地為牢。

　　和柏樺不同，歐陽江河掘出母語的病根，他指出造成宿疾的罪魁禍首，即接受盲目膜拜的那具空殼和盲目膜拜本身。詩人接受隱秘的召喚，懷著使命感去追溯源頭的秘密，然而秘密究竟是什麼？秘密的最終意義在於，它的「秘密之名」，而非秘密究竟是什麼。或者說，是空無的內核與對秘密的執著，讓秘密得以成為秘密。誰也無法掌握這個秘密，因為它本來就是沒有的、不存在的。就像本雅明說的那個坐在客棧屋角裡的乞丐，他想像自己為一個亡國君主「……丟掉馬刺，因為沒有馬刺；放棄韁繩，因為沒有韁繩。」[8] 不是因為放棄才沒有，而是原本就沒有。歐陽江河掘出的根，就是這個如無字天書般玄奧卻又空無的母語之根，如袖珍花園般幽秘而暗疾叢生的母語之根。

　　美杜莎之首，成為有毒之根的最好隱喻。歐陽江河製造出精緻的懸棺與袖珍玲瓏的花園，深入它們的內裡，質疑它們。然而，修

---

[8] 本雅明，弗蘭茨・卡夫卡，《啟迪——本雅明文選》，漢娜・阿倫特編，張旭東、王斑譯，生活・讀書・新知　三聯書店，2008年，147頁。

辭永遠是曖昧的，更何況這繁複而華麗的修辭。詩人敏銳而精確地洞察到古典文化的冰冷、殘酷以及必然的沒落。但質疑本身似乎出了問題。詩中有一句類似判詞的話：「葬花之人也在埋葬自己，置身花園即是置身於懸棺」。（《第三章　袖珍花園》）用有毒之物來治癒毒的方式，詩人也在採用。華麗的修辭和精確的分析，看上去很有說服力，卻有點做標本的感覺。洞察力、精確性，好像還少了點什麼？修辭立其誠，忠實於自己的笨拙與錯誤，可能遠比聰明地去應和一種正確更難得。在柏樺那裡，身體與語言的錯位源於他氣質型的怪癖，他的即興感。在歐陽江河這裡，錯位源於修辭的圓滑與精緻，過度修飾的東西會喪失掉最生動、原始的情感。鐘鳴質疑歐陽江河自己對《懸棺》的評價：「古典文學長期對我的影響作了一個了斷」，這種質疑是值得思考的。《懸棺》涉及到古典文化傳統的重要問題，它探討後者的空或毒都是有道理的。但修辭之誠的分歧點在於：究竟是基於時髦、標新立異，或一時的靈感迸發，去提出一個問題；還是在曠日持久的感受中，反覆觸及和思考一個問題。《懸棺》中的問題都是驚心動魄的，鐘鳴稱這首詩為：「儒道的明理話語，南方的神秘主義，經葉維廉和博爾赫斯的試管稀釋混合後，構成了一部聾人聽聞的天書。」[9]修辭之誠出現了偏差，詩歌語言一環扣一環，描述與闡釋都承接得婉轉而流暢。一場華麗的雜技表演，讓人目瞪口呆，甚至忘記了呼吸。歐陽江河在《懸棺》之後的寫作發生很大變化，但是始終有一點，修辭有時會蓋過身體的呼吸感。

---

[9] 鐘鳴，《旁觀者》，海南出版社，1998年，866頁。

2

　　畫家德加（Edgar Degas）曾因寫詩的苦惱而求助於詩人馬拉美（Stephane Mallarme），他說：「我無法解釋我為什麼完成不了這小小的詩篇，因為我滿腦子都是想法。」馬拉美回答他：「德加，我們作詩不是靠想法，而是憑靠語言。」[10]鐘鳴說他欣賞歐陽江河在主題上的探索，但不完全贊同那些潛伏在詩歌後面的觀念，他說：「理念附著在太多的無法承受的事物上，便很容易因牽強附會和顧此失彼而變得自相矛盾和不可靠。」[11]分析性強是歐陽江河詩歌的一個特點，敬文東用「缺乏肉感」來形容他的詩歌：「唯技術主義的單一性在歐陽江河那裡最終組成了修辭的世界，它是一個分析性的、比喻性的世界。」[12]對於歐陽江河來說，這是一種寫作風格。要影射到人如其文的話，鐘鳴是這樣評價他的：「勤奮、機敏過人，並且文思泉湧，咬住時代最強有力的影子不放，不漏掉身邊或書本上的一切有趣的單詞，捕捉文本，猶如捕捉一線生機。」[13]或許，在對卓越性的追求中，詩人們並不僅僅是去抵抗自身的缺陷，還要抵抗才華和聰明可能帶給寫作的機巧性。評價張棗時，鐘鳴說要提防寫作的圓滑[14]，其實是一個道理。

　　如果說柏樺屬於1980年代，那個在即臨毀滅的理想主義中沉迷抒情的詩人，歐陽江河的重要性則要開始於1990年代：「永遠消失

---

[10] 保爾・瓦萊里，《瓦萊里散文選》，百花文藝出版社，2006年，149-150頁。
[11] 鐘鳴，《旁觀者》，海南出版社，1998年，866頁。
[12] 敬文東，《中國當代詩歌的精神分析》，中國社會出版社，2010年，213頁。
[13] 鐘鳴，《旁觀者》，海南出版社，1998年，865頁。
[14] 鐘鳴，〈秋天的戲劇〉，原文：「記得，許多年前，那時我一首接一首的，他曾提醒我警惕詩的『圓滑』，嚇得我一身冷汗，許久未動過筆。現在想來也令人不勝唏噓，這險境，竟輪迴般似的，以不同的方式——或許正好相反是成功的方式，甚至太成功太技術的方式，給他設置了難題。」《秋天的戲劇》，學林出版社，2002年，20頁。

了——／一個青春期的、初戀的、佈滿粉刺的廣場」。（歐陽江河《傍晚穿過廣場》）1980年代消失了，那個青春的、抒情的，讓詩人們為之沉迷的時代消失了。柏樺那裡預感性的青春消逝，在時間中終成現實：「遺忘：越來越甜蜜的年齡。／它的嘴唇覆蓋我的歌唱和肢體。／我已沉默。」（歐陽江河《另一個夏天》）沉默，聲音的結束也是它的開端。從青春時代的聲嘶力竭中冷卻下來，沉默與沉默中發聲的醞釀，在歐陽江河的詩歌中亦佔據了相當一部分。以《最後的幻象》為代表，這一類詩歌幾乎都有一種悼念性。「這並非一個抒情的時代」（歐陽江河《草莓》）；「告訴我，還有什麼是完好如初的？」（歐陽江河《花瓶，月亮》）；「你無從獲知兩者之中誰更短促：／是你的一生，還是一晝夜的蝴蝶？／蝴蝶太美了，反而顯得殘忍。」（歐陽江河《蝴蝶》）；「僅一個詞就可以結束我的一生，／正如最初的玫瑰，使我一病多年」。（歐陽江河《玫瑰》）對短暫之美的哀悼，對現實的幻滅感。典型的歐陽江河式的句式，格言般地帶來某些引人深思的問題，句子本身卻精緻美麗，不像很多北方詩歌，負荷太多理想而顯得枯燥和沒有濕度。然而語言問題不能等同於修辭問題。詩人能夠嫻熟地將觀念融於漂亮的句子中，比如：「並且最美麗的也最容易破碎」（歐陽江河《玻璃工廠》），和「蝴蝶太美了，反而顯得殘忍」、「最初的玫瑰，使我一病多年」幾乎都是屬於一種句式。問題不在於格言本身的精確性——而是，詩歌如何用詩的方式去達到這種精確性。詩人憑藉聰明與敏銳洞察到的觀念，是否一定能支撐起一首詩？詩歌有它自己的呼吸氛圍與不可逐一解釋的神秘性。在組詩《最後的幻象》裡，歐陽江河構建的抒情氛圍是有堆砌感的，當然其中不乏美麗的句子：「他向晚而立的樣子讓人傷感。／一陣來風就可以將他吹走，／但還是讓他留在我的身後。

／老年和青春，兩種真實都天真無邪」。（歐陽江河《老人》）詩人確實有一種傷感的、懷舊的情緒。實際上，那讓人們懷念的青春時代，同時也是讓他們傷感與憐惜的老年。它出現在人生更早的階段，因此也會在時間的流逝中與現在的時間差距越來越大，相對於現在時，它即是一個老人，一個越變越老的青春。敬文東認為：「寫於1988年的長篇組詩《最後的幻象》可以視作歐陽江河對自己早期創作的一次清算。這組詩作對他的意義在於：通過它，既結束了歐陽江河詩歌編年史上的80年代，又預示著他尚具七成新的未來。」[15]

　　對青春的悼念之聲，偶爾也會出現在他後來的寫作中，作為餘響，或記憶中的聲音碎片。敏感地察覺到時間與時間中改變的事物，以及它們作用於身體的，詩人對幻象進行了「哀歌」式的吟誦。他明知轉瞬即逝的凋零感，他的聲音徘徊在說出與滯澀之間：「落日自咽喉湧出，／如一枚糖果含在口中／這甜蜜、銷魂、唾液周圍的跡象，／萬物的同心之圓、沉淪之圓、吻之圓，／一滴墨水就足以將它塗掉。」（歐陽江河《最後的幻象‧落日》）「玫瑰泣不成聲，」（歐陽江河《最後的幻象‧玫瑰》）「嬰孩開成花朵的聲音，」（歐陽江河《最後的幻象‧雛菊》）都是美麗的聲音碎片，也都是幻象。詩人憐惜它們，卻心力交瘁。儘管1980年代對於歐陽江河來說，並不似柏樺那樣即生即滅，後者詩歌的眩目與隕落都來很快。它對他而言，僅僅意味著一種傷感，那是他對於即臨毀滅之物或者已經毀滅之物的傷感。不能說詩人誇大了這種傷感，但它們在組詩中有重複的流露。每首詩的題目即有徵兆——月亮、草莓、雛菊、玫瑰……無不帶有唯美主義的色彩。鐘鳴談起玫瑰在莎

---

[15] 敬文東：《抒情的盆地》，長沙：湖南文藝出版社，2006年，第250頁。

士比亞那裡，夜鶯在濟慈那裡呼喚出的攝人心魂的效果，以及它們在後來者筆下的黯然失色。在歐陽江河這裡，也存在類似問題，這純粹的抒情詩限制著他優勢的發揮。他更擅長在現代場景中直接處理詞與物的關係。

　　一行說歐陽江河筆下呈現的是「曖昧的時代」，他指出歐陽江河對「曖昧性」的關注，並不僅僅是90年代市場經濟捲入的產物，但時代的曖昧是從進入90年代開始加劇。[16]理想主義在80年代就已經是岌岌可危的懸空舞蹈，但是或多或少，90年代步入中年寫作的詩人們將目光投向世俗環境時，世事確有變化。比如，市場經濟、物欲，以及隨之而動盪的心態：

　　　　花光了掙來的錢，

　　　　就花欠下的。如果你把已經花掉的錢

　　　　再花一遍，就會變得比存進銀行更多

　　　　也更可靠。但是無論你掙多少錢，

　　　　數過一遍就變成了假的

　　　　　　　　　　　　　（歐陽江河《關於市場經濟的虛構筆記》）

　　經濟時代的不可靠性，讓它在繁榮與沒落、真實與虛假的兩極搖曳與曖昧。投機使勞作顯得荒唐，超前的、預支型的消費方式呈現於泡沫般的繁榮之中。歐陽江河非常擅於在詩歌中處理這類境況，他的詩歌寫作，以思辨與分析的方式，令人叫絕地抖落出時代、生活方式與物的不可靠性：

---

[16] 一行，曖昧時代的動物晚餐，詞的倫理，上海書店出版社，2007年，4頁。

火星人的鞋子
商標上寫著「中國造」。瞧那雜貨店老爹
他把玩具槍遞給死人伸出的手，
輪到真槍時子彈打光了。

（歐陽江河《感恩節》）

閱覽室就是客廳、廚房、臥室，
就是購物中心、育嬰室、停屍間。

（歐陽江河《閱覽室》）

文明就是盲人睜著眼睛，就是
把拿破崙和人頭馬攪混在杯中
給乏味的午餐增添一點死亡的加速度。

（歐陽江河《快餐館》）

一行說：「事物的質的含混性被修辭的悖論恰切地表現出來……也正是在這裡，歐陽江河的修辭術才不致於變成一種純粹的詞語遊戲，而是一種對世界面相的真實洞見。」[17]曖昧性消解事物之間的差異，一種後現代的風格呈現，它們奇特而不協調地混容著。這類詩歌最初帶來的閱讀體驗是新奇的，但這不是它們的重要性所在之處。真正重要的是，世界本身顯現的漏洞，是詩人用絕佳的方式呈現了出來。很多事物都不再被嚴肅看待，在全球化、現代化的氛圍中，它們魔術般地肢解，它們調侃自身、混淆自身。麥克·盧漢在《理解媒介——論人的延伸》中寫道：「每一種新的技術都

---

[17] 一行，〈曖昧時代的動物晚餐〉，《詞的倫理》，上海書店出版社，2007年，8頁。

創造一種環境，這一新環境本身常常被視為是腐朽墮落的。但是，新環境能使在此之前的舊環境轉變為一種認為的藝術形式。」[18]在這位加拿大學者的觀念中，衣物是延伸的皮膚，建築的改變也帶來新的觀念。新舊環境激烈碰撞中，產生出巨大的衝擊力，那是一種加速度的死亡。如詩句所示：作為過往文明聚集地的閱覽室與現代生活中息息相關的場所直接等同，生的育嬰室與死的停屍間並呈。一切都在凸顯速朽性，一切停留的場所，出於生活的必須與社會規範，人們不得不停留，卻很快會離開。彷彿處處都留有痕跡，卻那麼輕，那麼虛無，似乎自身和世界從沒有真正發生過關係。生死，已沒有莊嚴感，在這樣的環境中。詩人說：「老人們的閱覽室對新一代是個錯誤」，（歐陽江河《閱覽室》）這是人們在舊與新之間的無奈。詩人的斷言中充滿悖論的詞語，這是歐陽江河式的修辭術。然而世界本身，就在這種迫不得已、尷尬百出的悖論中：中國製造的反諷，購物中心的反諷，盲人睜眼的反諷。

在一次訪談中，歐陽江河談到「物詩」，他說：「中國詩歌最欠缺的就是處理『物』的能力。……詠物詩傳統詠到最後，被詠的物件消失，帶出來的是關於物件的種種隱喻，或者詠物者自己個人內心的某些寄託。……到最後偏離物質，只剩下關於物質的暗示、影射、隱喻和聯想，而物本身永遠缺席。……我在創作《手槍》時想，能不能讓詠物詩最終回到物本身。」[19]。對物的關注，讓歐陽江河的詩歌具備了一種質感。人們迎面與詩歌中的物相遇，可以把握與度量它的精準程度：「手槍可以拆開／拆作兩件不相關的東西／一件是手，一件是槍／槍變長可以成為一個黨／手塗黑可以成為

---

[18] 麥克・盧漢，《理解媒介——論人的延伸》，何道寬譯，商務印書館，2000年，序言，27頁。

[19] 歐陽江河，〈嵌入我們額頭的廣場——李德武＆歐陽江河：關於〈傍晚穿過廣場〉的交談〉，《詩林》，2007年，4期：14-15頁。

另一個黨」。（歐陽江河《手槍》）這令人眼花繚亂的拆分與演繹，不盡是文字遊戲，雖然歐陽江河的詩歌經常有玩弄文字遊戲之嫌。詩人說：「《手槍》裡面的詞，就有了手槍零件拆解、裝配的感覺，甚至有手槍那種『咔咔咔』的節奏和硬金屬質地。」[20]物的象形性建立起來，它與詞之間精準的對應也建立了起來。鐘鳴說他的《手槍》直接化用麥克·盧漢的觀點，後者指出：無文字的民族使用來福槍時，是差勁的射手；他們使用弓箭更精準。而有文化的美洲殖民者則堅持用槍，把槍作為眼睛的延伸，這樣的能力不屬於無文字的民族。[21]作為物的手和槍之間，存在延伸關係。作為詞的它們，被拆分後又以不同的方式推演出了同樣的詞「黨」。這個詞所代表的具體事物，也可以通過「手槍」——手與槍合起來組成的詞，找到對應關係。詞語的拆分與演繹，精確地呈現出與之相關的物，這是歐陽江河詩歌的魅力所在。他能夠敏銳地接受觀念，並漂亮地化用它們：「永遠的維納斯站在石頭裡／她的手拒絕了人類／從她的胸脯拉出兩隻抽屜／裡面有兩粒子彈，一支槍／要扣響時成為玩具／謀殺，一次啞火」。（歐陽江河《手槍》）維納斯拒絕人類，胸脯上的抽屜與抽屜中的槍與子彈悲劇般消解了藝術的永恆性。玩具槍與啞火卻再次消解了消解者本身。脫離了《懸棺》中華麗的悲劇情結，詩人把握到的現代感，甚至不是悲劇，而是一種悄無聲息的荒誕、頹然。歐陽江河強調這首詩是《懸棺》之後的重要轉向，它或多或少地徵兆著詩人後來的寫作。而時代，彷彿也從那個熱血沸騰的1980年代走向曖昧、荒誕、讓人疲憊的時代。或許這一切更多地在於，人老去，心變得滄桑，目光隨之冷靜下來：

---

[20] 歐陽江河，〈嵌入我們額頭的廣場——李德武＆歐陽江河：關於〈傍晚穿過廣場〉的交談〉，《詩林》，2007年，4期：15頁。
[21] 麥克·盧漢，《理解媒介——論人的延伸》，何道寬譯，商務印書館，2000年，420頁。

香料接觸風吹

之後，進入火焰的熟食並沒有

進入生鐵。鍋底沉積多年的白雪

從指尖上升到頭顱，晚餐

一直持續到我的垂暮之年。

（歐陽江河《晚餐》）

　　張棗也多次談到「物詩」，他說像里爾克的《豹》、《古阿波羅頭像》那樣的物詩，可以指出具體的優點，因為人們可以通過詩歌對物的精準度的把握，來評價詩歌；但是像《致俄爾甫斯的十四行詩》這樣的抒情作品，當然也好，卻很難去把握。歐陽江河也提到過自己詩歌中「反抒情」的一面，他的詩歌確實有冷智的特性，他分析物與生存狀態，疑問式或反問式地對它們進行思考：「一雙氣味擾人的鞋要走出多遠／才能長出適合它的雙腳」。（歐陽江河《去雅典的鞋子》）在歐陽江河這裡──不同於柏樺，身體首先是缺席的，有待於被尋找。也就是說，理念在互相碰觸，等機會尋找可能的身體。敬文東說他的詩歌缺乏肉感，或許就是這個意思。歐陽江河的某些詩歌，觀念的介入性過強，甚至陷入純粹的修辭玩轉。但在他最好的詩歌中，冷智性與分析性依然發揮著重要作用，那適合的「雙腳」也出現了，即抒情性恰當地介入了。物質性賦予詩歌可把握的硬度與質感，抒情性則喚出它的柔軟性、喚出那缺席的身體。《晚餐》是兩者結合的成功之作。香料的物質性接觸風的柔軟與不可把握性，生活的真實與詩歌的美感都呈現出來：和風一樣，火焰也徵兆一種詩意的、抒情的力量，它必須通過生活發揮作用。而生活很可能是，生鐵那般結實，卻看起來缺少美感。熟食隱

喻著一種更好的生存狀態，它最終接受了詩意力量的薰陶，卻並沒有夾帶著生鐵的氣息。儘管它的修煉，必須要經過這並不具有美感的實際生活。就像美杜莎之首的另一個隱喻——柏爾修斯砍下她的頭，從流出的血液中躍出一匹飛馬。沉重的石頭有一個飛翔式的對立面，詩歌和生活之間，似乎也存在這樣一個對應關係。詩人的冷智始終在發揮作用，沉積鍋底的白雪在時間的流逝與瑣碎日子的重複中，一點點形成詩意，它沒有迸發於青春的高蹈之中，而是在一個帶有蒼涼意味的垂暮之年慢慢散發出來，帶著不可阻擋的消亡氣息：「不會再有早晨了」；「我已替亡靈付帳。／不會再有早晨了，也不會／再有夜晚」。（歐陽江河《晚餐》）詩意已經消解在街頭的餐館中，消解在晚間新聞重播的訃告中：「死者是第二次死去」。甚至不是悲劇，只是時代的生活方式侵入時被動的接受。詩人確實略帶傷感地說出：不會再有。然而生命的每一天，卻實實在在擁有早晨與夜晚。或許是感知的方式變了，曾經的有也就不復存在。這是不動聲色的哀歌，對於青春，對於過去的歲月。在另一首詩中，歐陽江河說：「我的餘生不會比這一小時更久長。／消逝是幸福的：美麗的面孔／一閃就不見了」。（歐陽江河《交談》）這恰到好處的失血、無力與滄桑感，是打動人心的。

談到《傍晚穿過廣場》時，歐陽江河說：「這裡面的抒情，恰好可以對抗那種虛無感，對抗技術過於成熟、過於自動化的寫作。」[22]相比他一貫的冷智、技術化寫作，這首詩的抒情性很強。詩人談到一個很重要的詩學問題，即北方詩歌的特性：「顯示出了一種比較笨拙的、密度很大、而且有點拖沓、重複的東西。但我們

---

[22] 歐陽江河，〈嵌入我們額頭的廣場——李德武＆歐陽江河：關於〈傍晚穿過廣場〉的交談〉，《詩林》，2007年，4期：23頁。

南方詩人所具有的脆弱性和敏感性照樣存在。」[23]這首詩不似歐陽江河那些不太成功的、有唯美主義傾向的抒情詩，它有一種現實的沉重感，甚至還有政治影射。這可能就是詩人所謂的笨拙、拖沓與重複的來源。現實總是如此，詩人放棄玄思般的、高於事物一籌的分析去看待它，把它當做自己生活其中、必須予以接受卻無可奈何的事實。在對歐陽江河的訪談中，李德武準確地形容了詩中的政治：「我更願意把政治看作是這首詩的呼吸——它沒有被過分突出和放大，而是像空氣一樣被我們吸納，成為我們生命的養分。」[24]歐陽江河自己也說，政治是時代。看不見而無處不在的時代的、政治的呼吸，賦予詩歌輻射感與縱深感。詩人把廣場作為物來處理，這物質性的一面是反抒情的，但它引發出的抒情反而是無邊無際的：

> 對幽閉的普遍恐懼，
> 使人們從各自的棲居雲集廣場
> 把一生中的孤獨時刻變成熱烈的節日。
> 但在棲居深處，在愛與死的默默地注目禮中，
> 一個空無人跡的影子被廣場珍藏著，
> 像緊閉的懺悔室只屬於內心的秘密。

（歐陽江河《傍晚穿過廣場》）

廣場同時承載著公共性與私人性。它吸引人們敞開自己的私人性，將之彙聚成公共性。於是廣場成為了狂歡的聚集地，它誘導某

[23] 歐陽江河，〈嵌入我們額頭的廣場——李德武＆歐陽江河：關於〈傍晚穿過廣場〉的交談〉，《詩林》，2007年，4期：20頁。
[24] 歐陽江河，〈嵌入我們額頭的廣場——李德武＆歐陽江河：關於〈傍晚穿過廣場〉的交談〉，《詩林》，2007年，4期：21頁。

種不切實際的對公共性的投入，那是熱烈而具有煽動力的。拋開它的影射，僅僅作為1980年代的一個徵兆，這種公共性也是平常的。年輕、張揚，「露出胸膛、挽起衣袖、紮緊腰帶」，懷著各自的理想主義。然而廣場的公共性卻抹平了差別，讓不同的面孔在熱烈的聚集中具有相同的表情，最終只能成為記憶中一個整體的、一筆帶過的印象：「一個青春期的、初戀的、佈滿粉刺的廣場」。然而青春的幼稚、笨拙與不顧一切，總會讓人拋開它的不甚完美而為之感動。青春的身體，它對愛與死的執著可能荒唐，卻有著揪心的美麗與悲傷。一旦回到私人性中，廣場的物質性所承載的狂歡就散場了。隱秘的抒情性繼而出現，在傍晚穿過廣場的人那裡。某種指涉——歌哭都朝向那裡，卻不僅僅是針對青春期愣頭青們的呼喊。廣場有讓人狂歡的誘惑性，也有讓人沉默的無形的、強大的暗示性。對於一個理想主義的年代，對於曾經承載過理想主義帶來的衝動與狂歡的廣場，沉默的廣場是無可奈何的：「有的人用一小時穿過廣場，／有的人用一生——／早晨是孩子，傍晚已是垂暮之人」。（歐陽江河《傍晚穿過廣場》）這種哀歎，就像垂暮的老人對自己年輕時代的哀歎。

在《晚餐》中，面對已然來到的蒼老的時代與身體，詩人陷於頹然的、憂傷的抒情。死者與亡靈的存在，都通過疏離、淡漠、現代感很強的敘述呈現。而《傍晚穿過廣場》有一種更直接、更具體的指涉。因青春的意氣而流血的身體，還隱隱存在，痛楚……呼吸是看不到的，卻無處不在。玄思與分析性依然散佈於詩中，讓人動容的卻是緊張的、青春期的呼吸，在刀刃上的危險舞蹈。最重要的是，那種現實已經到來。而且往往是，人們將註定忽略過一個悲劇的現實，無奈而又安於現狀地投入另一個現實，它缺乏深度、浮躁，卻有著無聲的毀滅性。

現實是──一分鐘，天人老矣。2005年，歐陽江河寫出《一分鐘，天人老矣》這首詩。對生活的輻射度、對時間精準而玄妙的把握、歐陽江河式的悖論修辭，在這首詩中都得到淋漓盡致的發揮。「老了」承接著傳統詩意中的抒情與慨歎，詩人卻後現代般，大膽地將它輻射於現代的交通工具之上：「自行車老了」，「的士老了」，「火車老了」，「航空班機也老了」。作為人的雙腿之延伸的交通工具，在現代高速的一分鐘裡迅速喪失有效性，它們不斷地向快伸展、同時又被快淘汰。麥克·盧漢說：「人在正常使用技術的情況下，總是永遠不斷地受到技術的修改。反過來，人又不斷尋找新的方式去修改自己的技術。」[25]快的一分鐘，改變著人們對世界與速度的看法。歐陽江河說：「要是思春的國學教授不戴瑞士錶／戴國產錶會不會神遊太虛？」疑問式的口吻道出一個不可改變的事實，即古老的時間觀念已經被廢棄。詩意的神遊太虛，已經無法在現代時間的計量中獲得。西方的時間觀念侵入中國的時間觀念，表作為現代時間的計量器，已經改變了人們。把它包裝成洋式的還是中式的，不過是在已經被修改的觀念中再去修改修改者本身罷了──是讓它更精確點，還是更美觀點？速度讓觀念和技術瞬息變化，由速度帶來的變化不斷地在打破界限──時間的、空間的界限：「一分鐘當代史，兩分鐘在古代」，「美國夢的一分鐘，半分鐘是中國造」。現代的一分鐘觀念席捲了古代，我們總是以現代的目光去打量歷史。作為一種久遠的過去的存在，歷史大於現在，然而一旦它被納入這種速度的眼光中，不過也就是「兩分鐘」而已。空間則更容易被速度控制，小國寡民早已被捲入「全球通」。

這種速度帶來的最大摧毀性是詩意的瓦解：「一分鐘，歌都老

---

[25] 麥克·盧漢，《理解媒介──論人的延伸》，何道寬譯，商務印書館，2000年，79頁。

了，不唱也罷」。「老了」的蒼涼感瓦解在速度中，歌的抒情性也瓦解在速食文化的卡拉OK中。詩歌已經嚴重不合時宜，因為世界的速度太快了。無論是青春的熱血之歌，還是老年的蒼涼之歌，都已不適合再唱下去。「你以為一分鐘的烤雞翅／能使啃過的事物都飛起來嗎？」這是詩人的詰問，詩意中的飛翔不能在速度中獲得。即使它看起來讓人們實現了太多夢想——對空間的夢想、對時間的夢想、對異邦的夢想。當一切夢想都來到現實中，差異沒有了，神秘性沒有了，夢想也沒有了：「一分鐘，用來愛一個女人不夠，／愛兩個或更多的女人卻足夠了。」歐陽江河弔詭式的修辭，卻昭示出一個真理——人們在看似充足的選擇中徘徊，實際上卻沒有選擇。絕妙而機智的分析與調侃，漸漸落入一種真實的傷感。在速度粉飾的所有夢想中，誰都無法找到那唯一的、不可替代之物：「一分鐘落日，多出一分鐘晨曦。／一分鐘今生，欠下一分鐘來世。／一分鐘，天人老矣。」結尾回到純粹的抒情，彷彿時間在日升日落、前世今生的往復中，又慢了下來。無奈感再次出現，這次是徹底的、不懷任何期待的無奈感。天人老矣，一切都來不及了，太快，超過身體可及。

歐陽江河的詩歌寫作，有一種過於圓滑和技術化的東西。即使在他最好的作品中，也有這種痕跡。他的悖論修辭，有令人心領神會的妙處在裡面，卻在很多時候，滑向自動寫作的重複性與無意義性之中：「來自蛇尾的頭顱，無一不是老虎」（《蛇》）；「馬之不朽有賴於非馬」。這些句子，幾乎是類似於文字遊戲的說辭。即使在他成功的作品中，這種修辭方式發揮過巨大魅力，卻依然存在修辭之誠的問題。鐘鳴說：「他喜歡用自制的形而上或宿命論去捕捉生活的特徵，解釋人生，賦予它總體上的意義。」[26]身體在哪

---

[26] 鐘鳴，《旁觀者》，海南出版社，1998年，867頁。

裡？詩人習慣於等待鞋子生長出適合它的腳。那麼不甚完美的身體，要如何來應對那看起來完美的鞋子呢？這是他的問題，呼吸被局限於他的理念框架中，缺少原始的、生動的美麗。迅捷地捕捉一種現象，並且對它進行犀利的分析，這是詩人的長處。但站在安全地帶去俯視現象、俯視別人時，自己真的就在這之外嗎？鐘鳴說：「當《漢英之間》的作者，因生活也好，綠卡也好，奔波於實際的漢英之間時，若我們驚訝『黃種白人』，就沒道理。」[27]這是很到位的洞察。如果沒有對自身的警覺，只在文字中遊刃有餘地滑動，身體就是缺席的。「我們所獵之物恰恰只是自己」。（張棗《十月之水》）

---

[27] 鐘鳴，《旁觀者》，海南出版社，1998年，864頁。

ZHAI YONGMING

身體的秘密痕跡

所有人關注一個建築的

神秘時期而我關注

一個過去時代的方式

不是用筆不是用石材

而是用我的身體

在女牆上赤腳而行

——翟永明〈建築的故事〉

翟永明

翟永明，1955年生於四川成都。1980年代發表大型
組詩《女人》，引起文壇轟動。已出版詩集《女人》
《在一切玫瑰之上》《紐約，紐約以西》《登高——
翟永明詩選》等詩歌、散文集十多部，作品曾譯為
英、德、日、荷蘭等國文字。2005年入選「中國魅力
50人」，2010年入選「中國十佳女詩人」，2007年獲
「中坤國際詩歌獎・A獎」；2011年獲義大利Ceppo
Pistoia國際文學獎；2013年第十一屆華語文學傳媒
大獎「年度傑出作家」大獎。1998年，翟永明於成都
開設「白夜」酒吧文化沙龍，策劃一系列文學藝術活
動，成為中國知名藝文景點。

03 翟永明
身體的秘密痕跡

　　有關翟永明的詩歌，鐘鳴說：「她的生活，跟寫詩是等邊關係，是收縮性地建造最大可能的心靈協調的形式，而不是美學，也不是生活的惡意轉換，只是傳統的生活本身，一種豐富的反應……她沒有任何理論的框架，也無需對形象保密。」[1]說到「保密寫作」[2]，鐘鳴指「朦朧詩」女詩人舒婷那類溫情而泛化的寫作：「我珍藏著那鮮紅的圍巾／生怕浣洗會使它／失去你特有的溫馨」；「你的眼神蘊藏著悲哀／你的微笑流露著欣慰」。鐘鳴認為：它們「固然有生活，但卻是經過提煉，或美化，或憂傷化的」[3]。與「保密寫作」相對應，可以把「隱秘寫作」用在翟永明身上。她的詩歌中，有生活的痕跡，而且是只針對她自己才有效的個人經驗的原始痕跡，未經美化，也不抽象。她的詩歌透露秘密，但並不意味著秘密可以被輕易發現。事情就發生在她遙遠的童年，發生在她的一段愛情中，發生在她的「白夜酒吧」。她的詩歌流露、指涉，甚至直接告訴你。於是，就可以看到一切嗎？翟永明

---

[1] 鐘鳴，《旁觀者》，海南出版社，1998年，890頁。

[2] 鐘鳴，〈詩的肖像〉，《秋天的戲劇》，學林出版社，2002年，30頁。

[3] 鐘鳴，《快樂和憂傷的秘密》，翟永明，《黑夜裡的素歌》，改革出版社，1997年，代序，6頁。

說：「這一切別人又能理解些什麼？／最多理解些往事」。（翟永明《蝙蝠》）詩人自有她的秘密，而我們來到詩中，為了尋找委曲於文字中的秘密。「有了秘密，只是美麗些」。[4]

1

　　樹木加深年輪，石頭風化，珊瑚日積月累地聚集，這一切可稱為記憶的痕跡。事物引人注目的雄奇或美麗，最初總是不起眼的。從組詩《女人》開始，翟永明在寫作上逐漸成熟起來。脫離蒲公英、鈴蘭花的青春期寫作時代[5]。她走出自己的混沌期——那時，光還沒有出現，天地也未形成。上帝用六天創造世界，第七天是休息日，古老《聖經》的開篇就在講述這個創世紀的故事。對於詩人來說，詩歌就是詩人的創世紀記錄。在《女人》中，天、地、人、神之間的契合表現得比較突出。經歷過漫長的孕育，一聲「要有光」，光於是出現了，只不過是黑色的光。「黑色」可以從女性創作意識覺醒的角度來談[6]，或者拋開這一點，把它當作詩人對詩歌創作意識的覺醒。這次覺醒真有點創世紀的味道。組詩第一首《預感》：「穿黑裙的女人夤夜而來」，上帝之光打開混沌的世界，黑裙的女人也開啟了一個時代[7]。不管翟永明和她的詩歌如何被誤解、誤讀——張檸反駁過那些將黑色詞彙認定為女性詞彙的牽強之論[8]——但這一切，恰好只意味著黑色之光影響的巨大。

---

[4] 鐘鳴，《快樂和憂傷的秘密》，翟永明，《黑夜裡的素歌》，改革出版社，1997年，代序，6頁。

[5] 翟永明，〈蒲公英〉，《次生林》，1982年；〈十月的鈴蘭花〉，《女人》，灕江出版社，1988年，65頁。

[6] 唐曉渡，〈女性詩歌：從黑夜到白晝〉，《詩刊》，1987年，2期。

[7] 敬文東在〈從靜安莊到落水山莊〉一文中提到了這一點，他認為：「《女人》開創了一個詩歌寫作的時代」。敬文東，《詩歌在解構的日子裡》，北京大學出版社，2008年，140頁。

[8] 張檸，〈飛翔的蝙蝠——翟永明論〉，《詩探索》，1999年，1期。

太初有言，上帝說什麼就是什麼。翟永明這組詩歌，也有原初造物的痕跡，這是她的大氣之所在。然而詩人畢竟不是上帝，《女人》造物的特殊之處，就在於，這是體驗式的造物[9]，帶有生命個體的痕跡。上帝只管說出：要有鳥獸。詩人卻說：「我突然想起這個季節魚都會死去／而每條路正在穿越飛鳥的痕跡」。（翟永明《預感》）這種體驗式的造物，幾乎體現在組詩第一輯的每一首中：

> 貌似屍體的山巒被黑暗拖曳／附近灌木的心跳隱約可聞（《預感》）
>
> 太陽，我在懷疑，黑色風景與天鵝／被泡沫溢滿的軀體半開半閉（《臆想》）
>
> 站在這裡，站著／與咳血的黃昏結為一體／並為我取回染成黑色的太陽（《瞬間》）
>
> 那裡植物是紅色的太陽鳥／那裡石頭長出人臉（《荒屋》）
>
> 月亮像一團光潔芬芳的肉體／酣睡，發出誘人的氣息（《渴望》）
>
> （翟永明《女人》）

「山巒、灌木、太陽、黃昏、植物、石頭、月亮」，我們不難從中找出被造之物——或者說將重新被造之物。有意思的是，以上所引詩句均出現另一類詞：「屍體、心跳、軀體、咳血、人臉、肉體」，這大概不是巧合吧。詩人的造物將詞引向曠野，卻又回到

9　有關翟永明詩歌重「體驗」之說，鐘鳴，〈詩的肖像〉，《秋天的戲劇》，學林出版社，2002年，17頁。

身體中，留下生命「咳血」的痕跡。這就是她的造物方式，給原始物以身體體驗的痕跡，造出它們令人不安的生命：呼吸、心跳、病痛，甚至死亡。

《世界》中，身體和物之間的關係仍在被強化：「太陽用獨裁者的目光保持它憤怒的廣度／並尋找我的頭頂和腳底」，「我在夢中目空一切／輕輕地走來，受孕於天空／在那裡烏雲孵化落日，我的眼眶盛滿一個／大海／從縱深的喉嚨裡長出白珊瑚」。詩人說：「世界闖進了我的身體」，其實是，身體再造了世界。人緊隨世界而到來。《母親》講述世俗的誕生，卻緊緊貼合神性。而我，則是「血泊」中令母親驚訝的，那與她相似的小生靈，塵世的產物。即便如此，「那使你受孕的光芒，來得多麼遙遠，多麼／可疑」，還是為誕生賦予了神性。只不過，誕生者不是救世主，而是「這世界可怕的雙胞胎」。也可以把這首詩看作「造物之詩」的前傳，黑裙女人就源於這次誕生。可怕的究竟是誰？是那造出萬物不安生命的誕生者（後來的造物者）？——「你躺在這裡，策劃一片沙漠」（翟永明《噩夢》）；還是那未曾被再造前的世界，只能由可怕的誕生者來重塑？——「我目睹了世界／因此，我創造黑夜使人類倖免於難」。（翟永明《世界》）或許，就是這對雙胞胎，同樣可怕。

造物者的霸氣與造出之物的侵略性，著實讓人有些不安。在《獨白》中，詩人透露過這個造物者的來源：「泥土和天空／二者合一，你把我叫做女人／並強化了我的身體」。她談到了「我」的被造：「泥土和天空」，被命名：「女人」，並強調了「身體」。詩人坦白了發生在更久遠時間中的造物，她的另外一個秘密漸漸流露出來：

> 我是軟得像水的白色羽毛體／你把我捧在手上，我就容納這個世界；
>
> 我是最溫柔最懂事的女人／看穿一切卻願分擔一切；

陽性造物迎來它的另一半，溫柔的陰性。其實之前談到的體驗式造物，很多地方就已經流露出陰性氣質。在《獨白》中，則乾脆被直接說出。「容納」、「分擔」，是陰性的包容性，所造之物必須被包容才能長存。米什萊說：「我兼有兩種性別，所以是個完整的人。」[10]詩歌也如是這般，在翟永明的筆下完整起來：「我是誘惑者。顯示虛構的光／與塵土這般完美地結合」。（翟永明《人生》）夏娃與亞當的完美合體。人類如是，詩歌亦如是。

終於有了第七天，休息的日子。組詩最後一首《結束》卻開始叨念完成之後怎樣：

> 看呵，不要轉過你們的臉
> 七天成為一個星期跟隨我
> 無數次成功的夢在我四周
> 貯滿新的夢，於是一個不可理解的
> 苦難漸露端倪，並被重新
> 寫進天空：完成之後又怎麼？

這首詩共四節，每節末尾都在重複「完成之後又怎樣」這一問題。這種寫法並不討好，壓迫性的問句會有失敦厚，詩歌本不該強迫人們接受問題的。或許，這是見仁見智的事情。生命的第一個

---

[10] 轉引自羅蘭・巴特，《米什萊》，張祖建譯，中國人民大學出版社，2008年。

痕跡是誕生，當時間的年輪在生命中留下另一個成熟的印痕後，翟永明寫出《女人》，追溯了那次誕生，為兩次痕跡之間的距離書寫出一個「創世紀」，成為她詩歌寫作中第一個引人注目的痕跡。那麼她就必須要思考這樣的事情：如何在「創世紀」的光環下書寫更多？痕跡與痕跡銜接，才會成為隱秘的精神脈絡，也是詩歌的脈絡。「完成之後又怎樣」的急迫性已關乎詩人的心跳和呼吸。

古希臘神話中，有一個黃金時代，以及在它之後到來的越來越差的時代。神的時代終歸要消失，在翟永明的詩歌譜系中，《女人》完成了對最初、最古老記憶的追溯與重塑，完成之後呢？在緩慢的農耕時間中，「她」走向《靜安莊》。神的一日，世間即是滄海桑田；而世俗的農耕時間中，月份是最重要的時間標誌。柏樺的《蘇州記事一年》，也敘述了每個農曆月中農民的大事，卻更世俗和生活化。翟永明的靜安莊，則一開始就帶著幾分神秘的不安：

> 彷彿早已存在，彷彿已經就序
> 我走來，聲音概不由己
> 它把我安頓在朝南的廂房
>
> （翟永明《靜安莊·第一月》）

這組詩中，神似乎還存在，即那個莫測的「它」。或許，這裡標識的還是一個未**絕地天通**的年代吧。但《靜安莊》年代的神，似乎處於失語狀態，除了作為一個秘而不宣的影子，只能冷眼目睹塵世的一切：

> 已婚夫婦夢中聽見卯時雨水的聲音／黑驢們靠著石磨商
> 量明天（《靜安莊·第一月》）

儘管每天都有溺嬰屍體和服毒的新娘（《靜安莊・第二月》）

　　此疫為何降臨無人知道／進城的小販看見無辜的太陽（《靜安莊・第三月》）

　　夜裡月高風黑，男孩子們練習殺人（《靜安莊・第六月》）

　　在陽光下顯現，男人和女人走過，跪著懇求太陽（《靜安莊・第七月》）

　　這一帶曾是水窪，充滿異物的眼光／第九月的莊稼長勢很好（《靜安莊・第九月》）

　　《女人》中的「我」，處於一種與物的關係中。到了《靜安莊》，開始出現人的跡象：「已婚夫婦」、「溺嬰屍體」、「服毒的新娘」、練習殺人的「男孩子」。而物，也被打磨出人的痕跡：「莊稼」和勞作，「雨水」與已婚夫婦生活的私密，「太陽」和人們出於生存目的的祈求，它們均處於日常性、實用性的聯繫中。在生活的瑣碎與苦難中，造物的詩意開始消解。《女人》流露出的傷痕，更多是精神性的：「我的眼睛像兩個傷口痛苦地望著你」，（《母親》）這是比喻意義上的；而《靜安莊》中的傷痕與苦難是實在的，觸目驚心。但這組詩的抒情基調，基本是偏冷的，即便面對觸目驚心的苦難。
　　組詩有三個地方都用「鴉雀無聲」來描述村莊：

　　我在想：怎樣才能進入／這時鴉雀無聲的村莊（《靜安莊・第二月》）

　　老煙葉排成／奇怪的行列，它在想：這個鴉雀無聲的村

莊（《靜安莊·第四月》）
　　始終在這個鴉雀無聲的村莊（《靜安莊·第十二月》）

　　實際上，村莊並不沉默，它充滿事件和聲音：自殺與瘟疫，哭泣與祈禱。「鴉雀無聲」暗合詩人偏冷的抒情方式，她游離於事件與聲音之外，只賦予古老的村莊一個冷冷的「鴉雀無聲」。還可以從另一個角度來說，就是詩人更專注聽的另一種聲音，那充滿神性的聲音，它之於村莊、村莊中的人、村莊每天上演的殘酷來說，也處於無聲狀態。因為村莊早已遠離神跡，不是沒有聲音，而是缺乏傾聽的耳朵：「老人們坐在門前，橡皮似的身體／因乾渴對神充滿敬意」。（《靜安莊·第七月》）實用型的敬意！靜安莊充滿苦難，不乏對神的祈禱，然而，這已是一個不潔的年代，神是沉默的。「我」傾聽著神，也進入沉默：「從早到午，走遍整個村莊／我的腳聽從地下的聲音／讓我到達沉默的深度」。「我」的身體還保留著對造物的影響：「我的臉無動於衷，似天空傾斜，使靜安莊／具備一種寒冷的味道」。（《靜安莊·第四月》）這對於村莊，不過是「無動於衷」，讓它「具備一種寒冷的味道」。那可怕的造物者隱約可見，無視苦難。實際上，「我」恰是苦難的隱秘策劃者：

　　　這是一個充滿懷疑的日子，她來到此地
　　　月亮露出凶光，繁殖令人心碎的秘密；

　　　參與各種事物的惡毒，她一向如此
　　　甘美傾心的聲音在你心內
　　　早已變成不明之物；

　　　　　　　　　　　　　　　　（《靜安莊·第五月》）

詩中，人稱是「她」而非「我」，詩人的雙重身份流露出來。詩人當然是自己詩歌的造物主／神，但她也參與自己的詩歌，作為普通人。翟永明的筆下，兩種身份是混同的，進入《靜安莊》時，「我」是以一個世俗者的身份，但詩句中比比流露出「我」與「神」的接觸：「我」的身體對物的影響，和「我」聆聽地下的聲音到達沉默即是例證。這是「我」與作為造物之神「我」的微妙混同。《靜安莊‧第五月》中的「她」則是造物者「我」的完全出場，這「令人心碎的秘密」也許就是，「我」參與了「我」目睹的苦難，「我」和「我」分裂了。

　　「是我把有毒的聲音送入這個地帶嗎？」（《靜安莊‧第九月》）恢復到世俗者身份時，「我」終於發出疑問，契合之前的詩句「參與各種事物的惡毒，她一向如此」。「她」就是「我」。耶穌說，上帝的事情歸上帝，凱撒的事情歸凱撒。神與塵世本該各自為政。於造物而言，神力是詩意的創舉；於塵世而言，神力太過強大，也太過任性——何曾見過神眼裡容沙子的。人類過分囂張時，神就讓潘朵拉打開災難的盒子。也許在《靜安莊》中，詩人已強烈地意識到這種危險：

　　　　我十九，一無所知，本質上僅僅是女人
　　　　但從我身上能聽見直率的嚎叫
　　　　誰能料到我會發育成一種疾病？

　　　　　　　　　　　　　　　　　（《靜安莊‧第九月》）

　　翟永明的聲音並不是「嚎叫」，但《靜安莊》確實是一種疾病。造物的神不安，詩神也不安，於是有了這個「病態的村莊」，散發出美麗而衰頹的氣息。詩人製造這場疾病，穿越疾病中的村

莊並切膚感受它,但終將離開。並且通過這種方式,她釋放體內的神,讓它遠去。《靜安莊》之後,神跡在翟永明的詩歌中幾乎隱匿。不過,也許它沒有消失,只是等待著,用另一種方式再度到來。

2

「天下烏鴉一般黑」,(翟永明《黑房間》)不一樣的氣息拂面而來,詩歌有了戲謔感。英雄的時代自然配得上史詩,而一個滑稽的年代大約只能以諷喻應對。神跡遠去,翟永明的詩風在1990年代轉變很大,這種轉變從《靜安莊》之後就已經開始了。或許,根本的問題也不在於時代,而是,她在面對什麼,她的詩歌在寫什麼?至少翟永明是不會和她的神開玩笑的。1996年的《十四首素歌——致母親》中,隱約承襲《女人》、《靜安莊》中的某些東西,似乎不像她1990年代詩歌寫作的整體風格呢——如果非要強調1980年代和1990年代的不同。

不管怎麼說,世情中的戲謔,些許的不嚴肅,倒是輕鬆了些。詩歌和呼吸相關,詩人需要調整自己的呼吸。鐘鳴說:「翟永明那深沉、憂傷和粗質的嗓音,它彷彿天生就受過傷,亦如我中華帝國的牆茨,敏感而寒冷」。[11]詩中的戲謔,對於受過傷的嗓音而言,縱然不能讓之痊癒,但作為舒緩劑卻不錯:

> 哪些牙齒磨利、目光筆直的好人/毫無起伏的面容是我的姐夫?(《黑房間》)

---

[11] 鐘鳴,〈籠子裡的鳥兒和外面的俄耳甫斯〉,《秋天的戲劇》,學林出版社,2002年,49頁。

雙手捧著那本詩集《人生在世》／為自己叫好（《研究死亡》）

　　一個姻親來了，另一個姻親也來了／她們都是冰人／全世界都在期待太陽（《因為愛情》）

　　男人在近處注視：巴不得她生兒育女／《人生在世》這毫無智慧的聲音／脫穎而生（《人生在世》）

　　伍爾夫說：「任何人若想寫作而想到自己的性別就無救了」，她至少說對一半。翟永明的這類詩歌，作為對自己詩歌寫作的調整當然無妨，但並不能成為她最好的詩歌。她有節制地戲謔了性別、愛情、相親和家庭，也戲謔了自己受到男性話語攻擊的寫作。也許她沒有懷著憤怒的心情，但至少是委曲的：「當他說：你缺乏銳度／當你說了許多，僅僅一句話／就使人心蕭條」。（《人生在世》）詩人當然有權利去刺，這是不可避免的。魯迅也覺得他在小說《補天》中加個「小丈夫」油滑了些，妨害寫作，但是管它呢。實際上，有時候這些刺用得很美麗，像翟永明後來的《小酒館的現場主題》中用到的「美學上級」：「他們中間的全部 渴望／成為幻覺的天空　偶爾／浮動、顯現、發射出美學的光芒」，詼諧有趣，並且刺得有力量。

　　「刺」對於翟永明來說，只是一種調味劑。她自有她「人生在世」的活法。有時調侃一下自己：「人生在世、無兒無女／一天天成為一件害人的事情」，（《此時此刻》）「天資平平／又大愚若智」。（《肖像》）詩人喜歡在詩中自嘲，但她瞭解真實的自己：「生來過於遲緩／樣子憂傷、溫情、蒼老」，（《詩人》）「你從不計算，比許多人更寬容」。（《肖像》）鐘鳴說：「在她的詩裡，是自嘲，在生活裡，卻是被動，忍讓，犧牲，給好人一些幫助

和祝福，給惡棍一點遊戲的空間。」[12]書寫神跡年代，她可以迴避世情，即便有人跡存在，也依然保持在與神若有若無的隱秘聯繫中。所以，她不用有太多顧忌地去流露怪癖，即使那是「有毒的聲音」。真正到了世情年代的書寫，必須要面對人，各種各樣的人。詩人的寬容與溫情，讓詩歌溫柔敦厚的一面呈現出來。

偶爾對別人、世事有一些抱怨的「刺」，更多時候，審視自己，謙卑地：「帶著幾分謙卑，他輕輕咳嗽」。（《詩人》）謙卑者隱藏自己，卻能更好地洞穿他人，這是詩人的高明之處：「無人理解她不可挽回的隱秘／也無人逃得過她春夏秋冬的凝視」。（《肖像》）鐘鳴說她相當敏感，在這個世情的年代，她也許是大智若愚的。

張曉剛畫過一系列很有名的《大家庭》：人物盡是一樣的相貌、一樣僵化的表情，木然的神態。它「以一種『後波普』態度，用傳統碳精畫法處理中國當代族類歷史的現成圖像……」[13]不難在上幾代人的老照片中看到《大家庭》的影子，甚至都不算誇張。「家」在中國一度被體制化了，夫妻之間也是建立起革命的友誼才走到一起的，至少要這麼聲稱。家彷彿是縮小的單位。至於它的影響，我猜測，也許會影響到幾代人的情感表達——找不到恰當的方式，稍過細膩和隱秘的情感經常被打上不道德的標籤。鐘鳴說的「保密寫作」與此不無關係，隱秘的表達被視為恥辱，甚至罪惡，只能表達些大而化之、空洞無物的情感。

在組詩《稱之為一切》中，詩人寫到她的家族與家事。她敘事、鋪陳，抖落瑣碎的家事；與此同時，精神的憂鬱和傷痕也在家事中一點點被皴染。翟永明更擅於處理這一類題材。原諒世事中不

---

[12] 鐘鳴，《旁觀者》，海南出版社，1998年，890頁。
[13] 轉引自鐘鳴，〈解除魔咒的人〉，《秋天的戲劇》，學林出版社，2002年，126頁。

太緊要的人與物，要比體諒家事中難以理清的傷痕與愛恨更容易。
因此在談到後者時，情感更複雜。組詩第一首《太平盛世》，幾乎
為後面的所有詩埋下引線：

> 太平盛世，有個人返家／看見虛構的天空在毀滅；
> 他動身去南部／突然看見蒼老的家園；
> 一想起小鎮的產業、祖父祖母；
> 潮濕的母親把整個下午安撫；
> 太平盛世　這般光景／有個人返家　取得勝利；
>
> 　　　　　　　　　（《稱之為一切·太平盛世》）

　　「返家」引出家人、家事，指向它們存留的年代，一點點揭
開辛酸的秘密。「太平盛世」在詩歌的一開始，就是意味深長的：
記憶或想像中對家園的「虛構」，在實際目睹中「毀滅」。返家者
的經歷和家（家鄉）的境況並不太平，更談不上盛世：「經過商
經過漂泊／也經過野蠻的風景」；「一些人死去，一些人每天死
去」，「貓頭鷹因為頹廢縮成一團」。「漂泊」、「野蠻」、「死
去」、「頹廢」，何等的太平盛世呢。「返家」預先透露出家的衰
頹之氣。有了「返家」，就延伸出種種對家事的回憶：模糊或清
晰，親身經歷或被講述。詩人在那時還太過年幼，但家事的氣息卻
影響了她的一生：「我生下來就知道：／馬和牛的來歷／雞的叫聲
和野櫻草的呼吸／或者人類的結局」。（《稱之為一切·九月》）
　　早在《母親》中，翟永明就為誕生戴上死亡的花冠：「凡在母
親手上站過的人，終會因誕生而死去」。到了平凡的家事年代，魔
咒仍然揮之不去。出生讓她吸納世間萬物的呼吸，卻同時洞悉死亡
的結局。而這些，自然有它們的根源。

和母親的離別，是「我」經歷中最早的家事：「我幾乎警覺到這是別離／你俯身向我　抓住我的搖籃」，「我僅八個月　無依無靠」，「與你休戚相關 身體也需要你／我是這樣小　沒有心計」。（《稱之為一切‧永久的秘密》）這最早的離別，割斷「我」和「母親」身體的聯繫，這是對嬰兒來說最重要的聯繫。「俯身」、「無依無靠」、「身體」，都是從不同的角度來強調這種聯繫。母親必須為家事操勞：「她洗衣弄飯　容易生氣／背朝一切　經營忙碌的事情／我小心翼翼看著窗內／每分鐘的慘狀使我沉迷／兩眼噙滿淚珠：在我的南部地區」。（《稱之為一切‧在南部地區》）現在，她必須離開「我」，自有一番說得上的家事為理由。家事究竟意味著什麼？對母親而言或許是，在命定的親情與世間的瑣碎事務之間，她無可奈何，卻必須周旋。母親的孕育與分娩是神性的，她和被孕育者之間的神性聯繫在孩子出生後，隨著時間逐漸淡化，轉為世俗性聯繫。神性中的母親不能、也不會脫離「我」，而世俗性中的她不得不離開「我」。

　　又或許，從來就沒有什麼命定的魔咒，幼年的陰影讓人們為自己的一生下了咒。這最初的離別，是原因之一：「這個陰天如此危險／破壞我一生的心情」。（《稱之為一切‧永久的秘密》）鐘鳴說：「很多人現在一下把小翟歸到女權那去，我不是很同意。其實在這個問題上，正好相反，小翟有她弱勢的一面。小翟沒有逃離中國社會一直以來男強女弱的範疇。因為小翟的個人經歷，她的親生母親和她的分離，她是養母帶大的。所以就有陰影，這種陰影從她的童年時代一直衍化到詩歌裡肯定是很深刻的。」[14]而和母親一樣，家族中的每個人也都在為家事奔波與操心：

---

[14] 鐘鳴，〈鐘鳴：「旁觀者」之後〉，《詩歌月刊》，2011年，2期。

一想起小鎮的產業、祖父祖母／算盤敲響多年的酒鋪
（《稱之為一切‧太平盛世》）

我的叔伯兄弟蹲在死者中間／口袋裝滿種籽／修房　補
牆　全看當地風尚（《稱之為一切‧九月》）

當家理財　外祖母良心輕鬆／快樂　像一隻老蜂鳥
（《稱之為一切‧九月》）

兩手空空　帶回一雙兒女／我的堂姐坐在火車上／滿腹
牢騷已超過她的能力（《稱之為一切‧家事》）

父親在窗外翻土　保持衰亡的顏色（《稱之為一切‧你
為誰祭奠》）

人們必須為生計、責任，為塵世間的俗事忙碌。「我」還小，
但終將成為他們中的一個：也許是，那十年前遠走高飛的堂姐：「你
年輕見不得某些事情／我記得你當場發出的笑聲」，十年後卻拖兒帶
女、滿腹牢騷；也許是，那在泥土的操勞中衰老的父親，或脾氣不
好的母親；又或者是，開了酒鋪，理財？「我」還小，但正如必須
接受和母親的離別一樣，「我」也必須面對這些瑣碎的世間事：

我的啼哭招來憤怒的女人（《二、九月》）

我們兄妹情深　淚水滂滂／緊握的拳頭把你的禮物珍藏
（《七、南方的信》）

我的祖母　我曾是受虐待的兒童／內臟被傷害（《九、
你為誰祭奠》）

星期六的下午　站在育嬰室高處／我看見白色柩車開進
家園（《九、你為誰祭奠》）

因為年幼哭泣，而招致抱怨；受食物養育，又被它侵蝕；被親情寵愛，但不得不目睹慈愛祖母的去世。這一切就是和「我」有關的家事，詩人描述幼年的自己：「有著憂傷的黑眼睛／幼小的牙齒／孤兒的怪癖」。（《八、星期六下午》）這一切不難理解。

　　一樁樁家事帶給「我」的身體各種痕跡：母親離開的「無依無靠」，「內臟被傷害」，「憂傷的黑眼睛」，「死亡掠過我的臉」。精神的憂鬱，就在身體一次次的痕跡中加深。詩人說：「在童年就開始失敗／無論怎樣的未來都使我敬畏／使我感動」。（《稱之為一切‧當年是歷史名城》）也許她對世事的寬厚，與這一切不無聯繫，她已過早地面臨太多……

　　家事的年代過去了：「一些人死去，一些人每天死去」。人猶如此，離開的離開、死去的死去、更多的在衰老；那過去的地方，家事的發生地，則更是徹底地衰頹下去：「一堵舊圍牆輕輕浮動／歲月的存在孤立無援」。（《稱之為一切‧太平盛世》詩人說：

　　一切現已崩潰
　　這些頹敗的家族 連同我的時代
　　在暮色中慟哭

　　　　　　　　　　　　　（《稱之為一切‧你為誰祭奠》）

　　然而，她的身體將帶著這些「崩潰」「頹敗」「慟哭」的痕跡，繼續走，它們隱而不現，有時又在向她招手，再度與她的生活與詩歌重逢。

　　翟永明的《土撥鼠》寫於1988年，《顏色中的顏色——獻給H‧D》寫於1989-1990年，那時她和畫家何多苓在一起，用鐘鳴的話來說，就是甜蜜產物。《土撥鼠》寫出後還有一段它慘遭「屠

剝」的故事。[15]陸憶敏有一首〈死亡是一種球形糖果〉，她說：
「我們不能一坐下來鋪開紙／就談死亡」。對於「愛情」，也同樣
如此吧：

> 我的亡友在整個冬天使我痛苦
> 低低的黃昏沉默者的身姿
> 以及豐收　以及懷鄉病的黑土上
> 它俊俏的面容

（翟永明《土撥鼠》）

　　詩人無法避免，即便談論愛情，她也開始於輓歌。「黃昏」
「豐收」「黑土」，以及接下來一節中的「田野」「石頭」和「祖
先的手跡」，都聯繫著土撥鼠這個亡友。它們既符合土撥鼠的生存
環境，又承襲詩人寫作中物與身體的關係這一脈絡。悼念是哀傷
的，但曠野中的萬物為它注入大氣。「我們不能一坐下來鋪開紙／
就談死亡」，或許是，我們不能在談到「死亡」時，一開始就渲染
出濃重的死亡氣息，那樣，「死亡」就在這種氣息中隱沒了。而
「愛情」，也極容易在談論它的時候，被淹沒於小情調中。畢竟，
愛情是兩個人的事情，它就是小的、具體的。詩人的土撥鼠，既關
聯著曠野中的物，有生命的厚實與開闊；同時，微妙地聯繫著愛情
中的身體：

---

[15] 《土撥鼠》原有兩節閣，拿到海外發表時，被楊煉按照自己的標準砍去前一閣，
後來歐陽江河有一篇文章叫〈詞的現身：翟永明的土撥鼠〉，裡面談論的也只是
後閣。鐘鳴在《兩隻土撥鼠》裡談到了整個事情的始末。鐘鳴，秋天的戲劇，學
林出版社，2002年，84-85頁，

它懂得夜裡如何淒清
甚至我危險的胸口上
起伏不定的呼吸

（《土撥鼠》）

　　羅蘭‧巴特在《米什萊》中談到一個很有意思話題，即「婢女似的男人」：「愛情藝術的轉換需要具備一種特殊的風流倜儻，問題不在於愉悅女人的身體，而在於贏得她們的信任，使她們樂意向你敞開月經來潮的秘密。」[16]愛情不是佔有，而是分享秘密。土撥鼠之於「我」，就處於這種愛情關係中。它懂得我的呼吸，是「我早衰的知情者」，它與我建立的就是這種分享秘密的愛情。但是，愛情本身還不等同於愛情的藝術，所以，秘密帶來的並不僅僅是愉悅感，在翟永明那裡，還有傷痕感：「在你微弱的手和人類記憶之間／你竭力要成為那個象徵／將把我活活撕毀」。接下來的幾節中同樣也有體現：「攜手」「愛情」「心」「雙手」「共用」「愛」「肉體」這類明顯指涉愛情的詞彙都出現了，不過一如既往有著不安的修飾語：「相當敏感 相當認真」「一顆心接近透明／有它雙手端出的艱苦的精神」「我們孤獨成癖　氣數已盡」。分享著對方帶來的秘密，彼此艱難地相互猜測、給予，也互相憐惜。這都是傷痕吧，源於本性，或源於曾經有過的傷痕。

　　詩歌的第二闋偏向更純粹的抒情。詩人說：「一首詩加另一首詩是我的伎倆」，詩人宣稱這是「伎倆」，她否定自己的愛情詩？她又說：「這是一首行吟的詩／關於土撥鼠／它來自平原／勝過一切虛構的語言」。「行吟的詩」「勝過一切虛構的語言」，也

---

[16] 羅蘭‧巴特，《米什萊》，張祖建譯，人民大學出版社，2008年，116頁。

就說，她又肯定了這首愛情詩？實際上，並不矛盾，詩人想強調的不過是真實的愛情本身，那可以感受身體痕跡的愛情：「我指的是骨頭裡奔突的激情／能否它全身隆起？／午夜的腳掌／迎風跑過的線條」。而不是愛情的藝術，虛構的語言。對於翟永明來說，做到這一點並不難，她寫下的正是「行吟的詩」，從最開始就是。既然是「行吟的詩」，翟永明的詞彙也只能在行走中、經歷中變化：增加、減少、新生或者死亡。交換身體與心靈，同時交換透視靈魂的語言，愛情為翟永明帶來了另一種顏色的詞彙：「『白色日益成為』——你說／——『我色彩的靈魂』你說過」。（《顏色中的顏色》）而詩人自己靈魂的顏色是「黑色」，戀人的「白色」滲入翟永明的「黑色」。它們並存於詩歌中：

> 黑壓壓的白色蓋滿土地（《二、》）；
>
> 全身白色的大麗花／比較平靜／你站在陰影下／步伐與它的影子一致（《四、》）；
>
> 伸手可及的肌膚冷漠／不如黑夜的輪廓／那鼓滿玫瑰的身體（《五、》）；
>
> 夜裡，大堆的雪湧起（《六》）；
>
> （《顏色中的顏色》）

在《土撥鼠》中，也出現過這樣的詩句：「它滿懷的黑夜　滿載憂患」；「它跟著我，在月光下／整個身體變白」。我們還記得那個創世紀的黑裙女人，夤夜而來，在這組愛情詩之前，「白色」恐怕從沒有如此密集地出現過，在這之後也絕無可能。翟永明這樣的詩人，不會玩弄詞語，讓人眼花繚亂。她的詩歌在跟進生活，不是說她寫了「黑色」，就能討巧地再來一個「白色」。鐘鳴說：

「她從本體構架上來說，是隨著生活走的，用老百姓的話來說就是跟著感覺走。」[17]在這段白色的戀情來臨前，她的「黑色」，即便有些遲緩與笨拙，卻只是在深化自己，未曾想到去擴展疆域。她固守著自己的語言王國，黑色因持久而困倦，直到白色入駐：「黑暗中的幻象睜開我們的眼睛」，（《變奏之四：現在和永遠》）乃至成為一發不可收拾的流淌。《變奏之三：黑與白》中，鋼琴的黑白鍵和諧地奏出一曲愛的旋律，詩人說它散佈「藍色氣味」。又一種顏色？也許，黑色和白色都太過單調，愛情的旋律中走入兩個靈魂，會迸發出另外一種色彩。詩歌最後一節，兩種顏色安然交合：

> 我的顏色流入你的眼睛中／去把那最後的時間覆蓋；
> 白色呵白色 流入我心中／或者留在原地；
>
> （《顏色中的顏色・六》）

難怪羅蘭・巴特說：「要想寫愛情，那就意味著和言語的混沌發生衝突：在愛情這個癡迷的國度裡，言語是既過度又過少，過分而又貧乏。」[18]在翟永明這首長詩中，多少是有體現的，白色不可收拾地流淌。當然，沒什麼不好，畢竟在詩人心中，那唯一的白色愛情，配得上這麼多重複的詞彙。就像她帶有初生性質的組詩《女人》一樣，我們不覺得黑色氾濫。戀人詞彙的過度與過少，倒是和幼兒有一樣之處。就像靈魂中某些東西的到來一樣，白色也會被納入翟永明的語言。但我們知道，在唯一的愛情之外，不會再有這麼多的白色同時出現。正如翟永明走過了她的黑色階段，黑色不會再那

---

17 鐘鳴，〈鐘鳴：「旁觀者」之後〉，《詩歌月刊》，2011年，2期。
18 羅蘭・巴特，《戀人絮語》，汪耀進、武佩榮譯，上海人民出版社，2004年，113頁。

麼頻繁的出現。但黑色與白色並沒有消失，它們都在，有時也會出現——原裝或改頭換面，只是我們不提。寫得太多，黑色與白色會真的消失，談得太多也是。「誰也無法重複逝去的語言」，（《變奏之三：黑與白》）痕跡是不可複製的，愛情的痕跡尤其如此。

3

　　塵世女子瑪利亞受神啟而孕育上帝之子，人和神在母性中出現了契合。《女人》中的母親處於神啟似的孕育和塵世的分娩中，忙於家事的母親彷彿從不知有神這回事。直到1996年，翟永明寫了《十四首素歌——致母親》。鐘鳴說翟永明詩歌中一直存在的東西就是和母親的對話[19]。「筆下靈肉交融，使自己昏厥／又喚醒體內殘存的狂喜」。（《詩人》）也許，對於詩人來說，這次朝向母親的對話，將是深刻的靈肉交融的痕跡：是神啟的，也是世俗的。

世俗年代的地神之歌

　　　　在一個失眠的夜晚
　　　　在許多個失眠的夜晚
　　　　我聽見失眠的母親
　　　　在隔壁灶旁忙碌
　　　　在天亮前漿洗衣物

（《1、失眠之歌》）

　　世俗年代，兩個失眠者：我和母親，母親在為生活的瑣碎失眠而忙碌；而我，這裡沒有點明，但暗示出，「我」受母親失眠的

---

[19] 鐘鳴，《快樂和憂傷的秘密》，見翟永明，《黑夜裡的素歌》，改革出版社，1997年，代序，8頁。

影響而失眠。母親—失眠—夜晚，不難理解翟永明詩歌中「黑夜」的來源了。「盲目地在黑暗中回憶過去／它龐大的體積 它不可捉摸的／意義：它凝視將來」（《1、失眠之歌》）「龐大的體積」「不可捉摸的意義」，這些句子都能夠指涉到翟永明詩歌的神性中去。她在寫作《女人》、《靜安莊》時，詩歌中呈現的物象是龐大的（造物者的氣勢），情緒則捉摸不定（神秘的女人和病態的村莊）。而這兩句，在這首詩中具體指的是上一節中的「失眠的夜晚」，那些世俗的、母親忙碌家務的夜晚。於是世俗瑣事——失眠的夜晚——龐大的體積與不可捉摸的意義——詩歌中的神性，相互勾連起來。詩人說：

> 那是我們的秘密
> 不成文的律條
> 在失眠時　黑夜的心跳
> 成為我們之間的歌唱
> 它凝視將來

（《1、失眠之歌》）

「秘密」，什麼秘密？是生活和詩歌的秘密。若干年前因母親的瑣碎事而失眠的夜晚，與若干年後詩歌中「黑色」神性的出現，有著秘密的聯繫。「黑夜」的「心跳」成為「我們」的「歌唱」，詩人最初的歌唱忽略過世俗性，更多地沉浸於神性中。但「失眠的夜晚」所「凝視的將來」是一個無限的時間概念，它不會滿足於停止在《女人》的歌唱中，《女人》只是「將來」這條軸線上的一點。它則會繼續走向另一個將來，帶著融合「我」和「母親」身體律動的「黑夜的心跳」，洞穿世俗與神之間的秘密。現在，另一個

「將來」來到了此時此刻，就是詩人筆下正在行走的詩歌：

　　多年來我不斷失眠
　　我的失眠總圍繞一個軸點：
　　我凝視母親

（《1、失眠之歌》）

　　　那始終凝視「將來」的「失眠的夜晚」，不就是和母親相關的嗎？「我凝視母親」，這裡的時間關係是「母親」在過去，「我」處於隨時間不斷延續下去的將來中。而「它凝視將來」的時間關係則是：「它」——「失眠的夜晚」在過去，而「將來」在不斷延續下去。於是，就有了一種關照：時間中的過去和不斷在延續的將來交換目光，如果每一次的注視都是一次成像，那麼在這兩種關照性的凝視中，將有無數成像的影子。它們籠罩著「我」的寫作與回憶，「我」必須在每一次的寫作中注視過去的影子，又必須在每一次的回憶中注視「現在」作為「過去」的「將來」所延續的距離。《女人》和此刻正在寫的這首詩歌，也許同時注視著過去同一時間中那「失眠的黑夜」。但同樣作為未來，此刻比寫作《女人》時，和過去的距離更漫長，於是回憶和寫作都不同了：

　　低頭聽見：地底深處
　　骨頭與骨頭的交談
　　還有閃爍的眼睛奔忙
　　就如泥土的靈魂
　　在任何一種黑暗中
　　聽見白晝時：

雄雞頻頻啄食　旁若無人

（《2》）

　　「聽」，聽到什麼？第一首中，聽到的是失眠母親在操持家務，世俗的場景；而這裡的「聽」，聽得更深，是地底骨頭與骨頭的交談，神性的對話。與天空相比，大地會更具有安全感，早在組詩《女人》中，詩人就預感到這一點：「保存這頭朝地的事實我已長得這般大」。（翟永明《旋轉》）造物的神性，終將朝向包容性的大地中。關於母親人性與神性結合，最恰切的比喻物將無疑是大地。埋藏於大地之中，肉體漸漸歸於塵土；骨頭，是精神性的。詩人將對話從世俗性轉化到神性。這種神性是安全的，它謙卑，容納世俗的日常勞作，它本身就是「泥土的靈魂」。它看起來，比萬物還要低，不驚擾它們的安寧：「雄雞頻頻啄食　旁若無人」。這就是詩人到達的另一個「將來」——神來到離人最近的土地中。

成長變奏曲

　　母親說：「在那黃河邊上
　　在河灣以南，在新種的小麥地旁
　　在路的盡端，是我們村」

《3、黃河謠》

　　母親講述她的家鄉，她的出生地，一段「物」的歷史被追溯：「河流擴大／坡地不斷坍塌　泥土／用到對面的河灘之上」。（《3、黃河謠》）自然之力造就物的變遷，最終牽涉出人的故事，人們為生存的故事：「於是就有了械鬥、遷徙／就有了月黑風高時的搶劫／一個鬼魂的泅渡／就有了無數鬼魂的奢望」。

（《3、黃河謠》）悲劇和死亡，彷彿也攜帶著「黃河邊上」的大氣與傳奇。

而母親，她「出落得動人」。在組詩第一首中，失眠之夜的我就在猜想「母親當年的美貌」。「她是黃河邊上最可愛的事物／當她在河邊赤腳踩踏衣服／一股寒意刺痛了岸邊的小夥／使他們的內心一陣陣懊惱」（《3、黃河謠》）。母親美麗，「臉像杏子」「血色像桃花」，血液裡卻奔流著黃河的粗獷。詩人有意把她說成「事物」，置於她生存的環境中，與萬物融為一體。美麗女人的血脈中，隱隱承襲著自然的神性。然而，她的時代，她「還沒有學會／一種適合她終身的愛」的青春時代，卻過早地結束，連同她和自然最直接、最美麗的神性紐帶：

> 風暴和鬥爭來到她的身邊／鋼槍牽起了她的手／屍骸遍野塞滿了她的眼睛；
> 生生死死／不過如閨房中的遊戲　她說；
> 在那些戰爭年代　我的母親每天／在生的瞬間和死的瞬間中／穿行；
>
> 　　　　　　　　　　　　　　　（《5、十八歲之歌》）

> 我的母親　戎裝在身／紅旗和歌潮如海地／為她添妝；
> 「我們是創建者」母親說／她的理想似乎比生命本身／更重要；
> 為建設奔忙的母親／肉體的美一點點的消散；
>
> 　　　　　　　　　　　　　　　（《7、建設之歌》）

黃河邊上最可愛的事物不再整天面對「河水枯黃」「石灘粗

糕」，也不會再「赤腳踩踏衣服」，刺痛岸邊小夥子們的心。她來到她的兵戎時代，生死、屍骸，不過如閨房中的遊戲。母親並不在乎那為「建設」而消散的自然之美，在她看來，理想比生命本身重要。她講述的故事都是：「不同尋常的死亡方式——犧牲／或不具實體的／更悲切的動機」。（《十八歲之歌》）濃重的時代烙印鑴刻於母親的生命中，當然，也鑴刻於那些原本是再自然不過的自然中——黃河如何在時代的話語中被描述就無需贅言了。實際上，在任何時代中，自然會被人為的力量挾持。

　　至於「我」：「我的四十歲比母親來得更早」、衰老得更早，意味著活力與激情的喪失。也許黃河血脈一代代延續下去，環境在變，缺乏原生空氣的洗禮，於是人也在變，自然性的根在減弱與衰退。母親接受她時代的洗禮、刻意淡化自然性，即便如此，她血液中承襲下來最原始的豪邁與氣魄依然存在。而我，承襲的卻是另外一些：「我天生的憂傷鎖在骨髓裡」，在第十三首中，詩人坦言：「骨髓裡的憂傷是她造成的」。母親是「我天生的憂傷」的直接來源，因為它是「鎖在骨髓裡」的，只有最初孕育「我」的人，才能通過生命的臍帶傳輸這一切，好壞與否，「我」都將無選擇地接受。

　　天性的傳承已經如此，而時代，我的時代，比之母親，似乎又在變矮：「我的十八歲無關緊要」，可能和母親忙於「大」事的建設相比吧。我錯失了那個理想的年代，只會在多年後，「在另一個狂歡的時代／模仿母親的著裝／好似去參加一個化裝舞會」。（《建設之歌》）詩人在揶揄自己的生活與時代，她已不能去「建設」，只是「模仿」。然而，母親的「建設」又能怎樣呢？在時間邁入另一個階段後，似乎也變得曖昧：「現代之城在建設的高音區／普遍地成長／高大、雄偉、有誰在乎／匍匐在它腳下的時間之城

／那有爭議的美」。（《建設之歌》）都會消失，不管是我「模仿」出的行頭，出於對一個時代盲目崇拜或嚮往的美；還是被模仿者真正的、理想主義的戎裝和它那有爭議的美。

理想和對理想的模仿，最終不過都是時間中的虛無，詩人看穿了這些。能夠存留的只有生命本身——母親天然有優勢，她卻未予以選擇。她的時代那樣熱烈、又有多少冷靜下來思考的機會呢。而「我」，因為無緣於那個時代，只生於一個「模仿」的時代。模仿遊戲的熱情會很快散去，它畢竟只是遊戲，不同於那真正的理想。所以，「我」更早更快地發現了這一點：

> 我的十八歲無關緊要
> 我的十八歲開不出花來
> 與天空比美　但
> 我的身體裡一束束神經
> 能感覺到植物一批批落下
> 鳥兒在一隻只死去　我身內的
> 各種花朵在黑夜裡左右衝突
> 撞在前前後後的枯骨上
> 我的十八歲無關緊要

（《5、十八歲之歌》）

這個無關緊要的十八歲因為開不出戎裝之花，開不出理想之花，就選擇自己最熟悉、最擅長的方面來思考——通過身體。詩人敏感的身體朝向「植物」「鳥兒」「花朵」的死亡氣息，它們不就是萬物向神啟的呼吸嗎？母親，詩人一直在描繪的，那失眠者在黑夜中的心跳，那黃河邊上最可愛的事物，那些為她自己所忽略的桃

花血色，都是神性的呼吸。母親渾然不覺，普魯斯特說：「一個人的靈魂往往不參與通過自己才得以表現的美德」，母親不會把自己的分娩歸於不明的光芒，她不會體察到自己所有的、或曾經有過的神性之光。她不參與，但自有獻給她的永恆。那就是詩人的詩歌：

> 使遙遠的事物變得悲哀
> 使美變得不可重複
> 使你變得不朽
> 時間的筆在急速滑動
> 產生字　就像那急速滑落的河灘上
> 傾斜如注的卵

（《3、黃河謠》）

對詩人來說，寫下這一切就意味著不可再重複這一切。母親只擁有一去不復返的美麗年華和理想時代，對於追溯者來說，將是一種已遠去的悲哀。寫下這些，母親和她的一切就會在每一次重讀時出現，是為不朽。文字之卵，它們孕育在黃河邊上，也孕育在筆尖，有的會沉睡不醒，但終有一些會破殼飛翔：

> 事物都會凋零
> 時間是高手　將其施捨
> 充作血肉和營養
> 精液流出它們自己的空間
> 包括臨終時最後的一點

（《4》）

塵世的一切都會消失，一如母親血色如桃花的年代。終有一死者將如何呼喚不朽？「時間是高手」，時間讓翟永明在多年後一襲黑裙，開始她女巫般的創世紀。時間秘密地將事物的營養「施捨」給文字，於是文字有機會不朽，成為飛翔的鳥兒。而實際上，翟永明選擇文字來承接事物與記憶的養分，後者對於她來說，才是最重要的：「精液流出它們自己的空間／包括臨終時最後的一點」，文字匍匐，接納它對記憶的使命。

歌唱者的小世界

第九首《觀察螞蟻的女孩之歌》很特別，它沒有談到「母親」。只在詩歌的最後兩句：「『媽媽，請給我一個火柴盒』／觀察螞蟻的女孩　我說」。口語化的「媽媽」，完全是兒童的口吻：「一個火柴盒」，小女孩對媽媽的請求。這首詩有童趣在裡面，在小女孩的世界中，只是一群螞蟻和一個火柴盒：

> 她出現了　在周圍極端的小中
> 她是那樣的大　真正的大
> 她有自己的冠冕
> 蟻王有她自己的風範
>
> （（9、《觀察螞蟻的女孩之歌》）

「大」，「真正的大」，翟永明借助一個孩子眼中的事物和她單純的感受，為自己找到一種合適的生存方式，或寫作方式。詩人必須以造物主的眼光容納物，這是詩歌的大氣之所需。於是，就必須拼命地擴展自己的疆域嗎？其實關鍵的問題是目光在哪裡？詩人的目光投向螞蟻，世界就「真正的大」了，這就是造物主的眼光。

「自己的冠冕」、「自己的風範」，別人自有他們的大，他們的方式，我的卻只是我的：

> 我用整個的身體傾聽
> 內心的天線在無限伸展
> 我嗅到風，蜜糖天氣
> 和一個靜態世界裡的話語

（《9、觀察螞蟻的女孩之歌》）

　　翟永明的方式永遠很簡單，就是和「身體」相關。《建築的故事》中，翟永明說：「所有人關注一個建築的／神秘時期而我關注／一個過去時代的方式／不是用筆不是用石材／而是用我的身體／在女牆上赤腳而行」。只是說起來簡單，身體永不停息地變化，如果不能感受它，如果還停留在前一個已經僵化的脈搏中，它就消失了。詩人就是在曠日持久地用身體傾聽，才打開她的詩歌世界：「內心的天線在無限伸展」。她的身體感受到「風」，感受到獨一無二的「蜜糖天氣」，詩歌才從物的世界來到紙上。小小的螞蟻「輕輕一觸」，就「從那不可見的事物中／得到我們不可見的消息」。無關大小，而是能否從中敏感地觸及秘密，秘密不是空穴而來的。

　　詩人寫作獻給母親、獻給不朽的詩歌。而她需要的，只是一個「火柴盒」。置身於火柴盒中的螞蟻說：「我的身體／她在一個女孩眼中的形體／和火柴盒在她眼中的形體／是這個世界的變異」。鐘鳴說，這是「卡夫卡似的縮微法，用來描寫一個人的處境，他所置身於那國家，社會，時代的脆弱體驗，是再合適不過的」[20]。

---

[20] 鐘鳴，《快樂和憂傷的秘密》，見翟永明，《黑夜裡的素歌》，改革出版社，1997年，〈代序〉，6頁。

某種程度上講，翟永明的詩歌是封閉的，或許，她無力、也無意追求更開闊的世界。她只是就自己縮微世界的火柴盒和螞蟻來日臻完美：「——老人低頭弈棋／調整呼吸　不考慮身前身後」，（《10》）同樣是專注於自己眼中的世界。另一首詩裡，她說：「為每一件事物的悲傷／製造它不可多得的完美」。（《潛水艇的悲傷》）——詩人的完美小世界吧。

結束曲：人神共舞

　　帶著青春期的躁動與不安，「我」終將直視母親，愛或恨，狂歡或憎惡。我已經不是「在母體的小小黑暗裡」（《7、建設之歌》）的胎兒；不是「接連幾個月」「緊閉雙眼」（《7、建設之歌》）的嬰兒；也不是失眠的孩子、觀察螞蟻的孩子。

　　青春的狂舞，「我全身抽搐　如吐火女怪／鬼似的起舞 骨骼發出嚇人的聲響」；「我當眾搖擺的形體／使她憎惡」。（《11、舞蹈女人之歌》）對於母親來說，「女怪」和「鬼」是邪惡的、不能予以接受的東西，經過一個理想年代的戎裝洗禮，她和她的神性已經隔絕了，更何況面對的是有點惡意擾人的邪神呢——畢竟，不能指望青春期的萌動會呼喚出一個成熟的神靈。神跡在翟永明的詩歌中出現時，已經沒有了荒誕與幼稚，但是，卻多少保留著一點讓人不安的邪氣。

　　母親慣於「獻身的信仰的旋律」，發自內心地厭惡、排斥這張揚身體的舞蹈。她的斥責讓「舞蹈從中心散盡」。殘酷的青春，身體的萌動、青春剛剛散發出的詩意就這樣在斥責中散盡。詩人說：「我的二十歲馬馬虎虎」，身處和理想缺位的年代，卻還在被禁錮的年代，身體真的是馬馬虎虎：

因此在一夜間

被美逼近

在一絡髮絲的纏繞下

愛和恨　改弦易轍

培育出幻影

並隨青春的酒漿

慟哭或銷魂

（《12》）

　　儘管多年後，「我終於達到一個和諧　與青春／與一個不再殘
酷的舞蹈」。（《11、舞蹈的女人之歌》）但那「一夜間」，青春
的二十歲，母親給了我另一個傷痕。「愛和恨　改弦易轍」，它們
交織的幻影投射到翟永明多年後的詩歌中，和她殘酷的青春一起慟
哭、銷魂。回憶和傷痕滋養了文字，而文字最終回來，祭奠它們。
然而，這一切，有多少是人們本來情願的？也許，與其說翟永明選
擇文字來承接回憶，不如說，回憶在迫使她，迫使她講述以療傷。
就像母親當年，風暴和鬥爭來到她的身邊，槍牽起了她的手，沒有
選擇。詩人亦無可選擇。

　　一切都在慢慢平息，「我」的青春期過去了，母親已然衰老。
只有在這個時候，詩歌才能平靜地整理往事、撫平傷口吧。即使
這樣，詩人依然懷疑文字「能否流出事物的本來面目」。（《13、
黑白的片斷之歌》）「從她的姿勢／到我的姿勢／有一點從未改
變：／那淒涼的、最終的／純粹的姿勢／不是以理念為投影」，
（《13、黑白的片斷之歌》）都已經了然於心，那保持在我和母親
之間的聯繫，始終是身體，來自母親的「血脈」與「容顏」。未能
繼承母親「桃花式的血色素」讓詩人遺憾，或許，遺憾的還有，未

能繼承母親黃河灘上的活力，甚或她的戎裝，她那生死如閨房遊戲的年代：

> 我繼承著：
> 黃河岸邊的血肉
> 十里枯灘的骨頭
> 水邊的塵沙
> 雲上的日子
> 來自男方的模子和
> 來自女方的脾性
> 還有那四十歲就已來到的
> 衰老
>
> 　　　　　　　　　　（《13、黑白的片斷之歌》）

　　物的神性再次出現，它延續著，和世俗間人們代代相傳的容顏、脾性和衰老一起來到「我」身上。詩人說：「於是談到詩時不再動搖」，（《14》）因為詩歌有了最結實的內核。對翟永明來說，那是「一種不變的變化」，是神性永恆的注視與世俗的生生不息，是她筆下靈肉交融的母性：「傷害　玻璃般的痛苦──／詞、花容、和走投無路的愛」。（《14》）

　　鐘鳴說：「小翟最好的詩就是在她早期的《女人》、探索命運的作品、與她母親的對話以及個人的危機感，其實她最豐富的是這些東西。」[21]翟永明詩歌中最打動人心的地方，就在於詩歌對身體的忠實、對生活的密切跟進。「生來過於遲緩／樣子憂傷，溫情、

---

[21] 鐘鳴，〈鐘鳴：「旁觀者」之後〉，《詩歌月刊》，2011年，2期。

蒼老」，（翟永明《詩人》）對於翟永明來說，這是恰切的自畫像。因為遲緩，詩歌中的情緒和呼吸都凝重起來：「空氣意味深長／冷得像剛痊癒的心理創傷」。（翟永明《重逢》）鐘鳴說這是受過傷的嗓音，「亦如我中華帝國的牆茨，敏感而寒冷」。[22]在翟永明那裡，詩歌並不表現為一種即興、也不是一種理念。她就是鐘鳴說的那種跟著感覺走的人，她寫作，幾乎有些固執而笨拙地遵從身體的痕跡，這是她的重要性。然而身體並不僅僅是在場這麼簡單，還包括這種在場的重要性與必要性。翟永明在寫作與女人和母親相關的詩歌中，顯示出這種身體痕跡寫作的重要與感人之處。然而身體在哪兒是可信的、哪兒是不可信的，她對這個問題的思考是欠缺的。她也寫了很多酒吧裡的詩、記錄自己的生活──當然這些無他人無關，但也確實與他人無關。鐘鳴說：「現在過去多少年了，不一定你得寫詩。而且現在也沒那麼多事，你寫它幹什麼呀？你肯定覺得是有意義的你才寫。是因為你寫了這麼多年有名氣了，保持一種慣性的寫作？還是真正覺得記錄這種生活有意義？意義在哪？你實現了這個意義沒有？」[23]詩人投注於詩歌之中的，首先是自己，卻不僅僅是自己。身體即使在最忠實自己的地方，也會背叛自己。如果喪失警醒，對身體的忠實的同時不去質疑它，也會陷入僵化狀態。有些寫作是不必要的，原因很簡單，並不是人們寫出讓自己和別人不滿意的東西，就可以無視它的存在。氾濫的痕跡，有時會淹沒那些真正重要的東西。寫出在流露寫作者缺失的東西，一旦寫作者無法控制自動化寫作的傾向，缺失會越來越嚴重。

---

[22] 鐘鳴，〈籠子裡的鳥兒和外面的俄爾甫斯〉，《秋天的戲劇》，學林出版社，2002年，49頁。

[23] 鐘鳴，〈鐘鳴·「旁觀者」之俊〉，《詩歌月刊》，2011年，2期。

ZHANG ZAO

迷失的身體

世界顯現於一棵菩提樹，

而只有樹本身知道自己

來得太遠，太深，太特殊；

從翠密的葉間望見古堡，

我們這些必死的，矛盾的

測量員，最好是遠遠逃掉。

——張棗〈卡夫卡致菲麗絲〉

4

張棗

張棗，湖南師範大學英語系畢業，之後考入四川外語
學院攻讀碩士。1979年出版第一本抒情詩集，不久，
便被稱作巴蜀五君子之一。張棗以「後赫耳墨斯學
派」聞名，給世界文學添加了創新的元素，卻又保留
了中國古詩詞的特點。張棗1986年出國，常年旅居德
國，曾獲得德國蒂賓根大學文哲博士，後在圖賓根大
學任教，並長期當任《今天》雜誌的詩歌編輯。他曾
受邀與莫言、龍應台等同為台北市駐市作家。期間先
後寫出《卡夫卡致菲麗絲》、《邊緣》、《雲》等作
品。2010年3月8日於蒂賓根大學醫院因肺癌仙逝，享
年48歲。身後由友人為其編選出版詩集《鏡中——張
棗詩選》。

04 張棗
迷失的身體

　　「拍誰就是誰一生最好的照片」，攝影家肖全的《我們這一代》中有張棗一張很有名的照片：年輕的他微側著頭、目光低垂，雙手交叉在胸前，長長的圍巾垂下來。認識張棗的人無一不唏噓他的改變。「青翠的竹子可以擰出水」，（張棗《楚王夢雨》）這幾乎就是詩人張棗曾經年華的寫照，或者說，任何處於他們最好年華之人的寫照。柏樺的回憶錄中記載了他和張棗的相識。他說，張棗在當時兩個大學的詩歌圈內「英俊地遊弋，最富青春活力，享受著被公認的明星身份」[1]。柏樺說：「他很清楚地知道他是作為新一代知識份子的典型形象出現的，這種形象的兩個重點他都有：一是高級知識配備、二是輕鬆自如的愛情遊戲。尤其是第二個重點使他的日常行為表現得極為成熟，對於像我這樣50年代出生的人來說甚至應該是敏感的早熟。」[2]2010年，張棗去世，鐘鳴在長文《詩人的著魔與讖》中說，張棗也生活在怪圈中：「他是飲食男女的高手，誘惑者——卻可惜不能說『愛』，因為他曾坦率地告訴我，他從

---

[1] 柏樺，〈左邊——毛澤東時代的抒情詩人〉，《青年作家》，2008年11期，43頁。
[2] 柏樺，〈左邊——毛澤東時代的抒情詩人〉，《青年作家》，2008年11期，43頁。

未有過純粹意義的『愛』，並為此深感遺憾。」[3]「愛上愛情」，張棗不止一次在課堂上和私下裡談到這一點，於他自己而言，恰是如此。在張棗那裡，愛情是一門藝術，他善解人意，說話溫柔呢喃，能欣賞到每個人身上的優點。而他的詩歌，不露聲色地處理生命痕跡。對於翟永明來說，詩歌是：「這是一首行吟的詩……／勝過一切虛構的語言」，（翟永明《土撥鼠》）她的憂愁、歡樂，隱藏心底或表露於外的愛意，都流露於其中。鐘鳴說：「女人，不啻女人，十分蕭條地落在深邃的人性之中，究其根源，竟開出血脈之花，無意間給了精神一種詮釋。」[4]是身體的痕跡帶來精神的詮釋，而不是相反，就像詩人自己所說的：「從她的姿勢／到我的姿勢／有一點從未改變：／那淒涼的、最終的／純粹的姿勢／不是以理念為投影」。而在張棗這裡，詩歌則是：「黃鶴沿著琴鍵，苦練時代的情調」，（《一個詩人的正午》）這是詩人的優雅之處。對於張棗來說，詩歌的美感從對話性與投射性中獲得。他淡化身體痕跡，或者說，把生活之艱難，轉化在對語言精確度的求索中。在早期的一首詩中，詩人說：「一個表達別人／只為表達自己的人，是病人；／一個表達別人／就像在表達自己的人，是詩人」。（張棗《虹》）可見他的善解人意之處，也可見他對對話性的自覺意識。

「哪兒，哪兒是我們的精確呀？」（張棗《春秋來信》）投射了時代危機感與中年危機感：「來關掉肥胖和機器」，這是在生活的繁冗與茫然中求索意義的發問。然而「精確」，同時又是對詩歌精準度的追求，即找到可以因此而溝通的詞語：「得從小白菜裡，／從豌豆苗和冬瓜，找出那一個理解來」。（張棗《春秋來信》）巴別塔象徵著彼此間語言的失效，隱喻完美的上帝之國永遠不可抵

---

[3] 鐘鳴，〈詩人的著魔與識〉，《今天》，2010年2期，114頁。
[4] 鐘鳴，〈詩的肖像〉，《秋天的戲劇》，學林出版社，2002年，30頁。

達，人也就永遠面臨著塵世間的種種瑣碎、煩惱，甚至苦難。天性也好，人生境遇或其它種種也好，張棗的詩歌很早就具備溫柔性——基於對自身的克制與警醒，還有對他人的理解。同樣是母語的兒子，張棗的詩歌中也有一種古典氣息。不同於柏樺詩歌中，母語的頹廢感，再加一點點舊式怪癖的氣息。在張棗那裡，古老的母語與現代性相遇，它們融合、碰撞，甚至會發生一種悄無聲息的危險。然而它們的危機，最終都在語言中化解：「我潛心做著語言的試驗／一遍又一遍地，我默念著誓言／我讓衝突發生在體內的節奏中／睫毛與嘴角最小的蠕動，可以代替／從前的利劍和一次鍾情」。（張棗《秋天的戲劇》）身體當然是在場的，卻不是那即興的、衝動的在場，而是基於深思熟慮。語言化解了身體的危機，對於詩人張棗來說，利劍和鍾情——這肆意暴虐的情感是不存在的，它們在一遍又一遍語言的試驗中，化為最小的衝突。首先是身體，身體的在場呼喚語言。然而詩人並非順從自身的一切，比如任性、怪癖，甚至病態。而詩歌的語言，就是在抵擋這個身體，讓它調整自身，以最恰切與優美的姿態出現。詞變成了物，或者說它改變了物。

「廚師因某個夢而發明了這個現實」，（張棗《廚師》）這是詩人張棗的夢想，詞變成了物。然而，我們若要執著於此，就把詩歌當成了巫術——奇怪的是，有時詩歌就是巫術。不是多麼神神叨叨的事情，詩歌之所以要這樣寫、那樣寫，是因為人們的筆觸中有那個不可抵擋的自我，不管他們在用真誠的語言還是矯飾的語言。詩人一旦開始反省語言，就開始對那個自我進行抵擋——不一定會抵擋得住，只是抵擋這個行為在發生。抵擋和抗拒抵擋在角逐，那個自我、那個身體也發生了微妙改變，它朝向理想中的盡善盡美，即使它不可抵達。多年前，張棗詩歌中的句子仍然打動人心：

你們來到我的心中

代替了我設想的動作，也代替了書桌前的我

讓我變成了一個欲言不能的影子

日子會一天天變美，潔白無瑕，正像

我們心目中的任何一件小東西

活著？活著就是改掉缺點

就是走向英勇的高處，在落葉紛紛中

依然保持我們軀體的崇高和健全

（張棗《秋天的戲劇》）

　　這是一種對話與溝通。他淡化那個固執於放肆情感的自己，那個偏好陷於獨白中的自己。詩人願意在詩歌中引入他者，他者曾是另一個「我」，曾是煥發溫柔與不安氣息的母語，也曾是異國的卡夫卡或茨維塔耶娃，或是祖國家鄉中練習仙鶴拳的祖母……因此，在張棗的詩歌中，那個與他者共存的自我不會無顧忌地宣洩自己。詩人若要建立一種對話關係──真正的對話關係，就不是虛設一個他者這樣簡單。而是「我」，那個克制與抵擋自己的「我」，那個在追逐自身完美性的「我」，必須去尋求對話者，必須為那個痛苦與不得已的自己找到對話者。這是詩人最真誠的地方。然而，處於對話之中的「我」和對話者之間，永遠有不可交流或不願交流之處。所以，每個詩人都是孤獨的。張棗抵禦不甚完美的自我，卻可能過了頭，於是連同真實的他也隱沒於優雅、體面的對話中。張棗失去了一些東西，鐘鳴說：「張棗其人，不管與他怎樣熟稔，其實他都保有秘密內心活動的層面。……倒不是說他故意『虛偽』，而是他很瞭解自己，能從鏡子不同側面觀看自己的人不可能不洞穿

自己的結果。」[5]因為這種聰慧，張棗善解人意，能得到別人的喜歡。然而，也是因為這種聰慧，他預先看清彼此，設置距離與尺度，也就喪失了天真的、對不可把握之物的驚恐與驚喜感。想必對於愛情，張棗正是如此──一個無法讓人拒絕的引誘者。他自己早已洞穿這點，沒有愛情的笨拙感與苦澀感。他的詩歌，在這一點上是如其人的，快樂、甜美，甚至憂愁與悲傷，都優雅有度。這個善解人意的對話者，深知自己不能施加於別人的那個自我。孩子般調皮的鬼臉，也會出現在他的詩歌中。這卻是一個早慧得讓人有些害怕的孩子，他知道如何去取悅別人，他也知道什麼會讓人不快與害怕，卻不說出。

他給我們講的最後一節課上，拿出自己寫的兩首散文詩，其中一首*Osnabruecke*：他與接自己的人約好四點半在車站見面，結果那天他提前一個小時動身，就早一個小時到達──於是被等待者成為了等待者，被尋找者成為了尋找者。詩人開始了自己的「遊戲」：「還剩五分鐘，在四周微微騷動的緊張之中，在真相大白之前，我想依靠某個『直覺的奇跡』來辨認出那個也要辨認我的人。當我注意到一個抽著捲煙偎著廊柱張望、高瘦、戴眼鏡而近身處又沒有任何行李的中年男人時，列車正好停靠站了。他的眼睛四下忙碌著。是他的側影使我直覺到他是一個脆弱易悸的人。我便悄悄地從他身後繞過去，混同旅客們再次登上車，又迅速地擠到他眼前那節車廂，並左顧右盼地提著公事包走了下來。我露出微笑，徑直朝他走去，伸出手，囁嚅道：『哈囉，H博士！』他的目光移向我，表情彬彬有禮，很快把煙頭扔到地上。他側頭扔煙的那一瞬，列車啟動，而我看到我們四周的宇宙因恢復其內部的那個似是而非的正

---

[5] 鐘鳴，〈詩人的著魔與譫〉，《今天》，2010年2期，111頁。

常編碼而焦慮地顫抖了一下。」他是秩序的擾亂者，又是秩序的維護者。當一切已掌握於自己小小的遊戲中時，他善解人意地退回，回到早已被自己悄然置換的序列中，接受秩序的按部就班。想來，張棗詩歌的迷人之處也在於此。他不是那種破壞式的、吶喊式的先鋒。對於筆下的一切，古韻、現代性，甚至是生活中的瑣碎，他都心懷溫柔與善意，即使它們是他要否定或改變的——還是天性使然吧。

課結束的那一天，張棗打電話給我，說他沒有保存兩首散文詩的電子版，讓我幫忙錄出來發給他，他自己的身體已經不便了。然後是停課的通知、他生病的通知……和我們大家的相處中，他一直呈現的是快樂的自己，他的笑、甜、輕盈和善意。別人眼中也有另外的他，鐘鳴說：「張棗君終究善類，知道厭惡的後延性，故想保護自己，也保護別人。所以，其攻擊性是預先的。凡和張棗交接的人，久而久之，必兩敗俱傷。」[6]人身上，既然存在那個可以抵禦的自己，就同時存在那個不可抵禦的自己。那個自己，洞察到一切又心懷秘密，不向別人敞開：「我呀我呀，總站在某個外面。／從裡面可望見我呲牙咧嘴。／我呀我呀，無中生有的比喻」。（張棗《空白練習曲》）那是一個人們捉摸不定的他，那是一個令他自己也迷惑的自己：他身上的另一個他，或者對著生活做鬼臉，或者被生活捉弄。他身上的另一個他，彷彿不是他自己，只是一個像自己的比喻。「他謎樣的性格，從一開始就迷惑了大家，也迷惑了自己」。（鐘鳴語）宇文所安說：「詩歌可以喚起我們心中渴望迷失的那一部分」。張棗他本人確實是：「只有連擊的空白我才彷彿是我」。在早年的詩歌中，時常有「空白的夢中之夢」「空址」之類的措辭。這是詩人鍾情的空，他鄙夷「那些決不相信三隻茶壺沒裝

---

6 鐘鳴，〈詩人的耆魔與識〉，《今天》，2010年2期，111頁。

水也盛著空之飽滿的人」。（張棗《大地之歌》）空是張棗為別人和自己設下的謎，他不斷地從自身中逃逸，留下一個又一個的空之飽滿，讓別人猜測，也讓自己猜測。

1

在一次訪談中，張棗說：「詩歌也許能給我們這個時代元素的甜，本來的美。」[7]詩人傾心的甜：「我咬一口自己摘來的鮮桃，讓你／清潔的牙齒也嘗一口，甜潤得／讓你全身膨脹如感激」。（張棗《何人斯》）在張棗的詩歌裡，母語煥發出她甜美、溫柔的一面。即使詩人從很早開始，就敏銳地意識到他所朝向的母語，並不在過去，而在未來：「怕就怕陳舊不是一種製作出來的陳舊，而是一種真正的陳舊。我覺得，古典漢語的古意性是有待發明的，而不是被移植的。也就是說，傳統在未來，而不在過去，其核心應該是詩意的發明。」[8]在《何人斯》中，詩人不斷發問：「究竟那是什麼人？」是對古典詩意的追溯。歐陽江河的《懸棺》中也有「那是誰」的追問，他追溯到古典文化怪誕與陰暗的一面，以一種質疑與質問的口氣。張棗的追問中也有質疑感，語氣卻很溫柔。這種發明性的追溯在詩人和母語之間建立了對話關係：「我們曾經／一同結網，你鍾愛過跟水波說話的我」。在張棗的詩歌中，即使是「我」也有微妙的差別。這裡的「我」是作為曾經的詩人，他和母語是一種和諧共處的關係。他發明了母語，在時間中，他不斷被別的「我」所承襲與改變。詩人一開始就用「我」，是因為在這個序列中，後來者的身上總是擁有前人的影子。他們都可以稱之為

---

[7] 張棗，〈「甜」──與詩人張棗一席談〉，《親愛的張棗》，江蘇文藝出版社，2010年，223頁。

[8] 張棗，〈「甜」──與詩人張棗一席談〉，《親愛的張棗》，江蘇文藝出版社，2010年，215頁。

「我」，一個在不斷變化的「我」。「你此刻追蹤的是什麼？／為何對我如此暴虐」。此時的「我」就不同於曾經的「我」，幽深莫測的母語將如何與現代性接洽？詩人的困惑就在於此，那曾經鍾愛過「我」的母語變得暴虐起來。對母語來說，她追蹤的即是那個能重新發明她的語言。在《傳統與個人才能》中，艾略特說：藝術經典本身就構成一個理想的秩序，這個秩序由於新的作品被介紹進來而發生變化。從這個意義上講，是詩人的語言為母語注入新的血液。詩人等待被母語辨認與納入，但在這之前，首先是他改變了母語。或許，在張棗這首早期的《何人斯》中，他還只是困惑，預感到什麼，即使有改變，也是不知不覺的：

> 我們有時也背靠著背，韶華流水
> 我撫平你額上的皺紋，手掌因編織
> 而溫暖；你和我本來是一件東西
> 享受另一件東西

（張棗《何人斯》）

在現代漢語詩歌的寫作中，詩人與母語的關係已經進入緊張的狀態：古典詩意僵化，詩人們夢想著延續它，以不同的方式。1980年代，一些年輕的詩人們也打出過各種各樣的名號，來重新銜接這條古老的脈絡。然而很快，都銷聲匿跡了。還有人在寫，不為人知地、秘密地寫，在自身的隱秘與孤獨中，重新梳理那條脈絡。也許詩歌的盛宴與真正的寫詩相去甚遠。對於詩人張棗來說，他和母語之間，從一開始就有一種親密性，縱然不安和質疑已經出現：「你進門／為何不來問寒問暖／冷冰冰地溜動，門外山丘緘默」。（張棗《何人斯》）親密性是基於詩人對彼此間一致性的認定：「你和

我本來是一件東西」。在另一詩中，詩人說：「我要銜接過去一個人的夢，／紛紛雨滴同享一朵閑雲」。（張棗《楚王夢雨》）說到底，一致性源於現在與過去的銜接，母語與詩人在銜接中契合。那「在外面的聲音」，母語所發出的召喚，是不管身處怎樣的情形中，詩人都將選擇的歸依。詩人追逐的詩意始終是捉摸不定的：「為何只有你說話的聲音／不見你遺留的晚餐皮果／空空的外衣留著灰垢／不見你的臉」。（張棗《何人斯》）對他來說，那是一個無跡可尋的聲音。在時間的流逝中，人們已經無法辨識母語——或許，她從來都是無法辨識的，只有等待被她辨識。

「一切變遷／皆從手指開始。伐木丁丁，想起／你的那些姿勢，一個風暴便灌滿了樓閣／疾風緊張而突兀」。（張棗《何人斯》）改變已經開始了，詩人依循的，還是古韻中的伐木丁丁，一切彷彿照舊。然而風暴造就的卻是一種緊張感，即使它的灌滿對於樓閣來說是不可見的。而張棗詩歌對母語的發明就在此，他是溫柔而順從她的人，卻又是神秘的、悄然改變她的人。氣息，僅僅是一種氣息，風景中的一切就都已改變。詩人張棗就如是這般，作為一個溫柔的挾持者，悄然靠近幽深莫測的母語：

> 二月開白花，你逃也逃不脫，你在哪兒休息
> 哪兒就被我守望著。你若告訴我
> 你的雙臂怎樣垂落，我就會告訴你
> 你將怎樣再一次招手；你若告訴我
> 你看見什麼東西正在消逝
> 我就會告訴你，你是哪一個
>
> （張棗《何人斯》）

張棗曾得意地說他自己也不知道怎麼寫出「二月開白花，你逃也逃不脫」這樣的句子，太天才了。或許，那是詩人無意中洩露的自信。寫作《何人斯》的張棗青春年少，信心和意氣都是滿的。這個溫柔的挾持者，流露出自己的野心：在他和母語之間，既是一種對話；又是他對後者的一種猜測，是他已了然於胸的成功的猜測。最終，是詩人對母語的重新命名——從那些所有正在消逝和已經消逝的她的身上，重新喚起一個她，而這正是詩人做出的改變。多年後，張棗在《祖母》中寫道：「她驀地收功，／原型般凝定於一點，一個被發明的中心」。母語是隱而不見的，是詩人自己的發明那一點，重新照亮母語：「比喻般的閑坐，象徵性的耕耘」（張棗《桃花園》）；「她想告訴他一個寂寞的比喻／卻感到自己被某種輕盈替換」（張棗《梁山伯與祝英台》）；「我呀我呀，無中生有的比喻」（張棗《空白練習曲》）。詩人將作為修辭方式的「比喻」直接說出時，實際上是在騰空修辭感，讓它直接與身體接洽；然而一旦張棗用「比喻」置換身體的直接感受，彷彿又騰空了身體的存在。身體在張棗的詩歌中，是若有若無的，給人一種捉摸不定的感覺。他的詩歌，讓母語在一種似是而非的古老性與似是而非的現代性中，產生迷一般的效果。

　　在張棗這裡，古老的母語有一種與現代感接洽的方式，就是反思能力。詩人說：「反思某種意義上是一種西方的能力，而感性是我的母語固有的特點，所以我特別想寫出一種非常感官，又非常沉思的詩。沉思而不枯燥，真的就像蘋果的汁，帶著它的死亡和想法一樣，但它又永遠是個蘋果。」[9] 或許在張棗的詩歌中，感官與沉思，彼此間也處於一種相互騰空的關係中。實際上，也正是這種

---

[9] 張棗，〈「甜」——與詩人張棗一席談〉，《親愛的張棗》，江蘇文藝出版社，2010年，211頁。

關係的存在，他詩歌中的現代感與漢語性都看起來那麼不像它們自己，卻又那麼像它們自己。謎樣的效果也是基於此。

他喜歡用「比喻」一詞，因不願意讓自己的凝視過於接近原質。他疏離自己與母語的關係，只是為了將親密性更好地保持在疏離中：

> 我不禁迎了上去：對，到江南去！我看見
> 那盡頭外亮出十里荷花，南風折疊，它
> 像一個道理，在阡陌上蹦著，向前撲著，
> 又變成一件鼓滿的、沒有腦袋的白背心，
> 時而被絆在野渡邊的一個髮廊外，時而
> 急走，時而狂暴地抱住那奔進城的火車頭，
> 尋找幸福，用虛無的四肢。
>
> （張棗《到江南去》）

詩人在頃刻間把自己拉回思考，從不由自主地陶醉其中的感官那處。然而即便是沉思，也帶著張棗式的視覺感與活潑感。張棗為母語傾注的，不僅僅是一種異質性，一種西方式的反思性，還有很個人化的東西。比如：「永恆的野花的女性，神秘的雨水的老人，／假裝咬人的虎和竹葉青」（張棗《桃花園》）；「於是她佯裝落花，或者趁著青空／飄飄而來的一陣風，一聲霹靂，舞蹈著將我／從她微汗的心上，肌膚上，退出去」。（張棗《木蘭樹》）這是張棗式的機巧與討人喜歡，在他聰明而善意的猜測中，物與人都是和諧的。母語在他的詩歌中煥發出溫柔可愛的生機，還有一點點無傷大雅的俏皮感。

詩人有一種從容應對語言的優雅感，不管是對古老的漢語性、

異質性，還是他身上很個人化的東西。而他也一直保持著對自身的警覺：「我們所獵之物恰恰只是自己」（張棗《十月之水》）；「除非他再來一次，設身處地，／他才不會那樣挑選我／像挑選一隻鮮果」。（張棗《燈芯絨幸福的舞蹈》）張棗身上，在「我」之外，始終有他者，也有另外的「我」，這些都不是「我」這個處於此時此地的身體能捕捉的。所以人們終歸看到的還是自己，無論目光投向何處。「污點只能將凝視返還給欲望主體」[10]，「窺視者所著迷的，不是圖像自身或它的內容，而是其中他的在場，他自己的凝視」[11]。母語也向詩人返還捕捉——他同樣是被束縛者，是那個怎麼逃也逃不脫的人。聰慧的張棗當然知道這點，也正是因為這樣，他的詩歌更早地進入對話性，一種基於穎悟、善意和理解而達到的對話性。然而，他的聰慧，他比人們更輕易洞察到的世界與他者的一切，是否也由於這番聰慧與洞察，而讓他暗暗落入某個被捕捉的圈套中呢？或者說——識。鐘鳴說：「曾與他談過『避識』一類，他在詩中言及『死亡』，就像談每天吃的大蘿蔔，甚至不惜說『讓我死吧』，簡直就是犯忌、著魔……」[12]也許在詩人身上，這種穎悟多少還帶著智力型的勝利感——自認為能遊戲與消解：「死亡猜你的年紀／認為你這時還年輕」。（張棗《死亡的比喻》）然而，有些問題並非智力能解決的，張棗顯然對他所謂的「智力型傻瓜」不以為然，他抵禦的就是這個東西。但有些時候，人們還是按捺不住自己身上的聰明，去捕捉不可碰觸之物，猜測不可猜測之謎。或許，還有一種解釋，那就是人們之所以避不了識，是因為他

---

[10] 米蘭・博佐維奇，〈位於自己視網膜後面的人〉，《不敢問希區柯克的，就問拉康吧》，齊澤克編，穆青譯，上海人民出版社，2007年，177頁。
[11] 米蘭・博佐維奇，〈位於自己視網膜後面的人〉，《不敢問希區柯克的，就問拉康吧》，齊澤克編，穆青譯，上海人民出版社，2007年，181頁。
[12] 鐘鳴，〈詩人的著魔與識〉，《今天》，2010年2期，117頁。

們就是避不了，即使明知。命運使然。像俄狄浦斯王，因為想要逃開殺父娶母的命運，卻最終跌入這種命運。

　　張棗說：「住在德國，生活是枯燥的……也會有幾個洋人好同事來往，但大都是智商型專家，單向度的深刻者……告別的時候，全無夜飲的散淡和愜意，渾身滿是徒勞的興奮，滿是失眠的前兆，你會覺得只是加了一個夜班，內心不由得泛起一陣消化不了的虛無感。……是的，在這個時代，連失眠都是枯燥的。因為沒有令人心跳的願景。為了防堵失眠，你就只好『補飲』」。[13]張棗去世後，鐘鳴的悼文《鏡中故人張棗君》中提及亡者的幾封信：「……一是我酗酒，專業的酗酒者，我不好意思告訴你」；「我目前正在戒煙，暫時算成功了。我只是想玩一玩意志，只是一種極度的虛無主義而已。」[14]沉溺，因為生活的枯燥與虛無；反沉溺，玩意志，同樣是一種虛無。在張棗身上，有一個善解人意的他，也有一個讓人們不解的他；有一個傾心於對話的他，同時也有一個孤獨的他。就像詩人在一首詩歌中流露出的：

> 莫尼卡，我有一道不解的謎
> 是不是每個人都牽著
> 一個一模一樣的人，好比我和你
> 住在這個燕子往來的世界裡
> 你看看春天的窗扉和宮殿
> 都會通向它們的另一面
> 還有裡面的每件小東西

---

[13] 張棗，〈枯坐〉，《黃珂》，華夏出版社，2009年，197頁。
[14] 鐘鳴，〈鏡中故人張棗君〉，「今天論壇」網頁版，http://www.jintian.net/bb/viewthread.php?tid=24548&extra=page%3D1。

也正正反反地毗連

（張棗《惜別莫尼卡》）

　　因為對謎的預先感知，詩人索性先設置謎，通向什麼地方？正反毗連的迴圈，無跡可尋的出路？還是，可怕的讖：「一封信打開有人說／天已涼／另一封信打開／是空的，是空的／卻比世界沉重／一封信打開……」（張棗《哀歌》）層層如俄羅斯套娃，那促使人們逼向內裡的好奇心，那讓人們著迷的變幻。每一次打開都是一次驚奇，直到──「另一封信打開後喊／死，是一件真事情」。（張棗《哀歌》）優雅的謎彷彿在延後這個真相，讓人們忘記這個真相。實際上，設謎者卻不由自主地吐出了真相。如果說，讖語是真實存在的，能夠避開它的，也許永遠不是像張棗這樣的聰慧者。笨拙者自知笨拙而死守著某些界限，不願僭越，也就不會把自己置於危險之中。如張棗者，一次次設謎、自救、逃脫，以至於逃不脫。

2

　　自救，首先是和自己的對話。遠離祖國與母語，讓詩人陷入孤獨：「出國最大的困難就是失去朋友，這是最慘烈的部分。因為我每時每刻的寫作進步，與朋友和知音的激發、及時回饋非常有關係。那時，我們剛寫完一首詩，甚至就可以坐火車連夜到另外一個地方確認這首詩的好壞。出國就意味著失去這種東西。那時都傳說國外非常孤獨，而孤獨對於一個年輕的寫作者來說，就是失去掌聲，這對我來說非常可怕。」[15]回想熱鬧的1980年代，受人矚目的

---

[15] 張棗，〈「甜」──與詩人張棗一席談〉，《親愛的張棗》，江蘇文藝出版社，2010年，208頁。

詩人與他的詩歌。當遠離這一切時，首先是鐘鳴所說的那種「失語」的痛苦；其次就是在一種和母語的距離——真正的、客觀的、不得已的距離中，重新找到說話的方式。某種程度上講，離開掌聲，也就離開人們有意或無意而為之的粉飾——對詩歌或自己。並不是說虛假，而是煽動性的誇張。茨維塔耶娃說：「妨礙寫作的不僅是迫害和誹謗，還有名聲和人們的愛慕。」[16]回過頭去看1980年代，寫詩、宣言、密謀，包含了多少詩歌之外的東西？更多時候，人們只是膨脹了——當自己對此信以為真時，就真變成了虛假。人群往往會造就不真實。然而，另一個極端，孤獨也可能同樣是不真實的：「我不喜歡／孤獨的人讀我，那灼急的／呼吸令我生厭；他們揪起／書，就像揪起自己的器官。」（張棗《卡夫卡致菲麗絲》）張棗的警覺性就在於此，他在最孤獨的時候，質疑了孤獨。在孤獨者那裡，身體灼急地誇張自己——一旦它毫不保留地侵入語言，同樣造就一種不真實。並不是說，完全地忠實於身體的語言就是真實的，如果語言不能獲得對身體的反思性，偏入一隅的它就誇張自身的真實。但是顯然，人們一旦讓自己置身世界和他者那裡，真實就遠遠不是局限於自身那麼簡單。1999年寫作的《大地之歌》中，詩人直接駁斥：「那些從不讚美的人，從不寬宏的人，從不發難的人；／那些對雲朵兒模特兒的扭傷漠不關心的人；／那些一輩子沒說過也沒喊過『特赦』這個詞的人；／那些否認對話時為孩子和環境種植綠樹的人」。詩歌的真實即是關乎痛癢，而且不只是自身的痛癢。它應該有心繫世間萬物的情懷。詩人張棗厭惡那些「懶洋洋的假東西」，（張棗《海底被囚的魔王》）詩歌在他那裡，具備一種對世界讚美與發難的有效性。甚至，某個脫序的詞會突然迸

---

[16] 茨維塔耶娃，《茨維塔耶娃文集·散文隨筆》，汪劍釗譯，東方出版社，2003年，294頁。

發，改變一下世界的秩序。而這一切，都是基於對話性的建立。詩人傾心於詩歌中的對話方式，他夢想著與他人和世界的對話。對詩人來說，這才是朝向未來的、朝向我們生存環境的，真正有效的方式。

從1980年代中期出國，到寫作《大地之歌》，十多年的時間，張棗寫出《卡夫卡致菲麗絲》、《跟茨維塔耶娃的對話》、《雲》、《祖母》等重要詩歌。他在自己的困境中突圍與轉化，苦苦尋求知音者、對話者：「我遞出我的申請：一個地方，一個遙遠的／收聽者：他正用小刀剔清那不潔的千層音」。（張棗《一個詩人的正午》）

「我叫卡夫卡，如果你記得／我們是在M.B家相遇的」。（《卡夫卡致菲麗絲》）談到這兩句時，鐘鳴說，張棗通過卡夫卡所要尋找的便是類似賞識卡夫卡的M.B先生那樣的知音。當然，還有一個原因，就是卡夫卡寫給菲麗絲的信中是這樣表述的。也許，這是詩人張棗在困境中發出自己聲音的一個方式，去找一種對話的感覺。然而對於深陷困境中的孤獨者來說，若要真正的對話，而不是讓它變成一種分出人稱的獨白方式，就必須找到能夠控制語氣與情緒的方式。通過卡夫卡來作為第一人稱，詩人投射於其中的自己就有是有限的——可以更好地限制對孤獨的強化與煽動。而與此同時，與菲麗絲交流的卡夫卡，又無疑是一個孤獨者，翻開那一封封寫給菲麗絲的信：「再見，菲利斯，再見！您的名字是怎麼起的？它不願離我而去！又闖入我心扉，可能是通過擁有飛翔能力的『再見』這個詞」；「我的天哪，這是怎樣的生活啊！請解釋一下，親愛的！讓鮮花和書本一邊去吧！剩下的只有我的麻木！」；「擱筆不寫了，我又回到獨自一人的天地」。[17]因此，詩人實際上是找到

---

[17] 卡夫卡，《卡夫卡全集（9）》，盧永華等譯，河北教育出版社，1997年，57、71、151頁。

一個契合者——他作為他者限制了詩人的孤獨，同時又作為共鳴者分享了孤獨。

「我奇怪的肺朝向您的手，／像孔雀開屏，祈求著讚美。」祈求讚美的謙卑，語氣顯然不同於《跟茨維塔伊娃的對話》中那個「兜售繡花荷包」的「我」，在自信的討價還價中，「親熱的黑眼睛對你露出微笑」。張棗曾經說，現代人缺少一個可愛的表情：「我們的睫毛，為何在異鄉跳躍？／慌惑，潰散，難以投入形象」。（《跟茨維塔伊娃的對話》4）在訪談中，他也說到：「我對這個時代最大的感受就是丟失，雖然我們獲得了機器、速度等，但我們丟失了宇宙、丟失了與大地的觸摸，最重要的是丟失了一種表情。」[18]是什麼表情？在他的詩歌中，有一個生動而讓人忍俊不禁的表情：「節日，我聽到他罵我。／他右眼白牽著右下巴朝／右上方望去，並繼續罵我。」（張棗《同行》）這顯然不同於現代空間與速度籠罩之下，人與人之間節制而冷漠的表情。張棗自己的臉上就有一種可愛的表情：善解人意的、親熱的、讚美的黑眼睛，露出微笑，當然，也是飽含自信的。然而在孤獨者那裡，在一個不自信的對話者那裡，他缺少一種合適的、討人喜歡的表情。對他而言，能付出的，只有更內在的東西：「我時刻惦記著我的孔雀。／我替它打開血腥的籠子，／去啊，我說，去貼緊那顆心」。（張棗《卡夫卡致菲麗絲》）在卡夫卡和菲麗絲之間，是這種情況，他為等待她的來信而焦急與苦惱，他抱怨信件的遲到，抱怨不能天天寫信，甚至因為這種抱怨而對自己失望……孤獨者眼中的知音，就是可以讓自己傾其所有而為之付出的人。然而血腥籠子裡飛出的東西，能在這不平等的對話中建立有效的溝通性，而不

---

[18] 張棗，〈「甜」——與詩人張棗一席談〉，《親愛的張棗》，江蘇文藝出版社，2010年，222頁。

讓對方駭然嗎？

　　「它們堅持說來的是一位天使，／灰色的雨衣，凍得淌著鼻血／他們說他不是那麼可怕，佇止在電話亭旁，斜視漫天的電線，／傷心的樣子，人們都想走近他，／摸他。可是，誰這樣想，誰就失去／了他」。（張棗《卡夫卡致菲麗絲》）這裡同樣投射詩人自己的影子。不是里爾克那美得、強大得駭人的天使，讓人們自然地畏懼與止步。這是一個脆弱的、受傷的天使，一如詩人所期待建立起的對話性，那是一種隨時會被孤獨再次淹沒的對話。孤獨抗拒被靠近，就像它病態般地將肺腑獻給可以交流之人，兩種感情同樣強大與明顯。說到底，還是一種不可交流：「我永遠接不到你，鮮花已枯焦／因為我們迎接的永遠是虛幻──／上午背影在前，下午它又倒掛」。（張棗《卡夫卡致菲麗絲》）孔雀肺祈求來的對話，並沒有處於安全感中。當然對於張棗來說，安全感是不存在於他的詩歌中的，這是詩人一貫保持的警惕與自省。然而在這組十四行詩中，詩人處於一種絕望的不安全感中：洞察一切的悲劇性，對話系統隨時會崩潰的悲劇性，還有因為終極意義上的不可交流而產生的虛無感：「我們的突圍便是無盡的轉化」。也許是選擇了卡夫卡的原因，積極意義的突圍也產生出無盡與不可抵達的荒誕感，那種西方式的沉思。「文字醒來，拎著裙裾，朝向彼此，／並在地板上憂心忡忡地起舞。／真不知它們是上帝的兒女，或／從屬於魔鬼的勢力」。（張棗《卡夫卡致菲麗絲》）孤獨者的寫作是不受自己左右的，當他無法在對話與交流中獲得更多的真實，就只能任由自身的真實肆意膨脹，滑向不可控制的邊緣：「菲麗絲，今天又沒有你的來信。／孤獨中我沉吟著奇妙的自己」。（張棗《卡夫卡致菲麗絲》）在解釋「閱讀就是謀殺；我不喜歡／孤獨的人讀我」時，鐘鳴說：「孤獨的人往往是不真實的，而讓一個不真實的人去讀一個

不真實的人，就等於雙重謀殺。」[19]即使作為一個正在膨脹的不真實的自己，詩人也依然渴求另一種對話的可能性：也許，那是跟茨維塔伊娃自信的對話；也許，那是《雲》中朝向未來的跟兒子的對話；也許，那就是他在《大地之歌》中吐露出的，要為孩子和環境種植綠樹的對話。

「人們長久地注視它，那麼，它／是什麼？它是神，那麼，神／是否就是它？若它就是神，／那麼神便遠遠還不是它」。（張棗《卡夫卡致菲麗絲》）顯然這是對的。「我們這些必死的，矛盾的測量員」無法揣測神的旨意，無法從自己已經洞察到的真實中去瞭解更深、更遠的東西。對話性也止於這種局限，最終詩人還是回到了孤獨中。多年後，張棗寫了《祖母》，在「我」和祖母的對話中，突破者入場，卻是不一樣的氛圍和語氣：「忍著嬉笑的小偷翻窗而入，／去偷她的桃木匣子；他闖禍，以便與我們／對稱成三個點，協調在某個突破之中／圓」。（張棗《祖母》）輕鬆感回到詩人身上，人們無法預料發生在自己與別人身上的一切，包括那帶來意外驚奇的偶然。和諧，打破，再次協調，當詩人在母語、西方性、自身和那麼一點點偶然性中，重新建立起一個對話系統時，有限的、終有一死的我們似乎也不再籠罩於濃重的悲劇性中，這也是對的。

鐘鳴說：「全詩充滿了危機感，它源於個人，卻大於個人。而凌越它的並非是一般意義上的勝利，而是一種體驗各種危險的精神素質，它的本質，就是安慰詩人，使詩人因為了一種曠日持久的音勢而暫入睡眠。」[20]身體是人們在寫作中抵禦的那個東西——它存

---

[19] 鐘鳴，〈籠子裡的鳥兒和外面的俄爾甫斯〉，《秋天的戲劇》，學林出版社，2002年，366頁。
[20] 鐘鳴，〈籠子裡的鳥兒和外面的俄爾甫斯〉，《秋天的戲劇》，學林出版社，2002年，64頁。

在，所以才要抵禦；也正因為人們在抵禦它，才能夠感覺到它的存在。所謂大於個人的，就是在抵禦那個僅限於自身的真實時，遇到的世界與他者，遇到的不僅僅只是關乎自身的問題：「夜啊，你總是還夠不上夜，／孤獨，你總是還不夠孤獨！」（張棗《卡夫卡致菲麗絲》）這是大於個人的。然而詩歌的打動人心之處也在於，人們努力抵禦與克服的那個秘密的自己，還是不可避免地洩露出來：「我真想哭。我的雙手凍得麻木」；「我真想哭。／有什麼突然摔碎，它們便隱去」。（張棗《卡夫卡致菲麗絲》）闡釋止於此，默念或誦讀這些句子，只是為了懷念寫出它們的人。

「有一天大海晴朗地上下打開，我讀到／那個像我的漁夫，我便朝我傾身走來」。（張棗《海底被囚的魔王》）不一樣的氣息，孤獨者最終從被囚禁的「我」身上再分出一個「我」來，自己拯救自己。迫切對對話的需要——這是詩人在自己的詩歌中讀到的，那靠近「我」的人，那來接納「我」諾言的人終於出現了。如果沒有對話者，說就是「無力」的，因為孤獨的、被囚禁的「我」，沒有辦法履行諾言。到了《跟茨維塔伊娃的對話》中，詩人找到一種更從容的對話語氣：

> 親熱的黑眼睛對你露出微笑，
> 我向你兜售一隻繡花荷包，
> 翠青的表面，鳳凰多麼小巧，
> 金絲絨繡著一個「喜」字的吉兆——
> 兩個？NET，兩個半法郎。你看，
> 半個之差會帶來一個壞韻，
> 像我們走出人行道，分行路畔
> 你再聽不懂我的南方口音；

等紅綠燈變成一個綠色幽人，

你繼續向左，我呢，蹀躞向右。

不是我，卻突然向我，某人

頭髮飛逝向你跑來，舉著手，

某種東西，不是花，卻花一樣

遞到你悄聲細語的劇院包廂。

（張棗《跟茨維塔伊娃的對話》）

　　張棗在締造一種純漢語化的、中國化的美學效果，兜售給他對話中的俄羅斯女詩人，這自然出於他熟稔到甚至有點圓滑的技藝。「笑」、「包」、「巧」、「兆」，每句末尾的字，押了一個通韻「ao」；另外，出現了「繡花荷包」、「翠青」、「鳳凰」、「金絲絨」、「繡著」、「『喜』字」、「吉兆」這類詞語。一方面是韻律，一方面是遣詞，都營造出很傳統、很中國式的唯美氛圍。詩句對繡花荷包的描述，那種質感與精細程度，呈現了古典漢語中感性的、現場感很強的東西。很容易聯想到晚唐溫李詩歌中的某些東西。比如：「蠟照半籠金翡翠，麝熏微度繡芙蓉。」（李商隱《無題》）「新帖繡羅襦，雙雙金鷓鴣。」（溫庭筠《菩薩蠻》）另外，詩人擬設的場景中：「我」是一個中國小販，在向「你」兜售一隻繡花荷包。這樣一種對自己身份的設定、與場景的擬定，非常有趣，是張棗一貫的「調皮感」。詩歌在第一句就引入「親熱的黑眼睛」，這個表情奠定了詩歌的溫柔性基調。這種溫柔，既是張棗的個人氣質使然。也是他有意針對身處現代生活中，那些乏味、疲憊、機械的表情。「兩個？NET，兩個半法郎。你看，」轉折出現了。由「兜售」引發討價還價。通韻被破壞，詩歌最開頭營造出的

那唯美、親密的對話氣氛，也被破壞了。再回頭去看那幾句詩，會發現「我」和「你」之間的對話，建立在「我」以新奇的東西去吸引「你」的基礎上。這裡暗指兩種文化的相遇，我們的母語和異質文化相遇時，儘管彼此能給對方新鮮感，但這只是一種表面的吸引，容易被破壞。就像詩歌開始之前引用了一句法語：C'est un chinois, ce scra lang. -Tsvetajeva。這句話是茨維塔伊娃說的，翻譯過來是：他是一個中國人，他有點慢。在茨維塔伊娃眼中，中國文化，或者說我們的母語是這個樣子的。她好奇、善意，但並非真正瞭解這種文化。張棗以她的這句話引出詩歌，實際上意味著一種反思：在母語被異質文化觀照之後，詩人自身，再去觀照這種被觀照，以此反思母語。「半個之差會帶來一個壞韻，」這裡有雙重指涉：第一是對詩歌實際擬設場景的指涉，即生意做不成了。第二是指涉詩歌本身，即韻被破壞了。可見詩人的巧妙，它在詩歌具體氛圍的轉化中，去反思詩歌。這也是張棗一直在踐行的，每一首詩都應該指向它自身。這種反思能力，是現代的，僭越了詩歌最開始締造出的傳統的、唯美的氣氛。「像我們走出人行道，分行路畔／你再聽不懂我的南方口音；」詩歌最開始營造出的親切氛圍不見了，疏離產生。「我」和「你」分行路畔。甚至更嚴重，「你再聽不懂我的南方口音」。詩人在一開頭就流露出的南方式的委婉、溫柔，但如果它們永遠處於古典式的封閉與陳舊中，就不能有效於真正的處境。真正的處境是什麼呢？看下一句：「等紅綠燈變成一個綠色幽人。」這是很現代的、都市化的場景。「幽人」非常貼切地描述了人們生活在其中，那種疏離、冷漠與孤獨的東西。當然這種迷離的都市感，也並不是張棗最終要追求的。但是作為無法迴避的處境，張棗要讓母語經受這一歷練。「你繼續向左，我呢，蹀躞向右。」這裡的左右有政治影射，茨維塔伊娃在政治上是個有點激進的人，

和「我」是不同的。所以分歧進一步深化。從這裡，也能看出張棗詩歌中的另外一個特點，就是歷史感。時代與歷史會出現在他的詩歌中，但是沒有堆砌感，而是自然地融入整體的詩意氛圍。比如這裡的左右，既指詩歌場景中分行路畔，也影射到詩人和茨維塔伊娃的處境。「不是我，卻突然向我，某人／頭髮飛逝向你跑來，舉著手，」這首詩的第二次轉折出現了。「我」和「你」本來分行路畔，這個「某人」的出現，既「向我」，又「向你」，把我們重新聯繫在了一起。這兩句詩之間是沒有標點的，張棗著意在形式上締造這種聯繫性。在經歷一系列的失敗之後，「我」和「你」，居然可能重新建立聯繫。是什麼讓我們重新聯繫起來呢？最後兩句：「某種東西，不是花，卻花一樣／遞到你悄聲細語的劇院包廂。」這個時候，韻恢復了，唯美感也恢復了。好像經過一次詩意的歷練之後，又返回到最初的氛圍。但是，此刻的唯美，似花非花，已不是開頭確定無疑的繡花荷包。母語在自身的感性與質感之外，又多了某些東西。比如反思性、現代性，這就是張棗詩歌最後呈現的效果。也是他一直在踐行的，即寫出一種又感官又沉思的詩，像蘋果的汁，帶著它的死亡和想法，但又永遠是個蘋果。

　　無法聽懂對方的話，也無法認同對方的政治立場，然而理解似乎還是有被建立起來的可能性——也許，是基於一種處境，基於對自身困境的認知與突破，因而推及到他人與世界。茨維塔伊娃說：「每一個詩人本質上都是僑民」，放逐、流浪、突圍，在這個意義上，理解是可以達成的。如果說，詩人在母語和異質性中找到什麼有效聯繫，我們可能只是再次陷入同義反復，即詩歌的東西和人的東西在勾連一切。也許，詩人的初衷是——快樂的對話，即使他已經看清我們必須要滑向的艱辛，幸福只是很偶然的事情，張棗這樣說。或遲或早，走向「生活的踉蹌」與「詩歌的踉蹌」：「那是

神，叫你的嘴回味他色情的／津沫，讓你失靈」。（張棗《跟茨維塔伊娃的對話》）因卡珊多拉拒絕自己的求愛，宙斯詛咒她的預言能夠靈驗，卻沒有人會相信她。詞應驗了，作為預言；詞同時失效了，對於物，對於本可因為相信而改變的未來。如果卡珊多拉的預言被信任，未來就會改變，而預言也會改變。然而問題在於，沒有人相信，所以物沒有變，詞也沒有變。因此「生活的踉蹌就是詩歌的踉蹌」，首先是一種處境，然後才是言說。詩歌之所以會一語成讖，而人們又無法阻擋自己說出，那是因為身體已經朝向將要說出的，在說出之前。

因此，詩人才期待突圍：「我最怕自己是自己唯一的出口」。（張棗《跟茨維塔伊娃的對話》）對話打開了命運與命運之間的通道，讓它們「像指環交換著永恆」。（張棗《斷章》）僅僅是在交換中，才可能獲得自身之外的東西，才可能讓命運謎樣地徘徊與循環，不只是歸於同一個預先被設定好的出口——而永恆也許會成為一種可能性。在和茨維塔伊娃的對話中，詩人找到了一個出口。種種處境，人的處境，詩的處境：「完美啊完美，你總是忍受一個／既短暫又字正腔圓的頂頭上司，／一個句讀的哈巴兒，一會說這／長了點兒，一會說你思想還幼稚」。（張棗《跟茨維塔伊娃的對話》）這些都是不可抵擋的悲劇的真實，茨維塔伊娃的自殺也是其中之一。顯然，這不是詩人尋找的出口。或者說，詩人在尋找悲劇之外的東西，即使悲劇已經釀成，已經是我們天天生活於其中的。如果說對話打開封閉的自身，那麼對話就不是通向另一個人的封閉，否則對話的意義何在。在詩人與茨維塔伊娃的對話之間，一開始就出現的「某種東西」一直存在，越過大是大非的革命與政治、越過生活的辛酸與詞的失效，也越過詩人自己的冥思與茨維塔伊娃的悲劇，在母語中安然停落。不再是新奇也不再是陳舊，詩人為母語

找到了能與這一切銜接的此情此景：「某種／悲天憫人的情懷，和變革之計／使他的步伐配製出世界的輕盈。／大人先生，你瞧，遍地的月影……」（張棗《跟茨維塔伊娃的對話》）這是另一個出口。

或許，還有一個出口：「對嗎，對嗎？睫毛的合唱追問，／此刻各自的位置，真的對嗎？」（張棗《跟茨維塔伊娃的對話》）詩人的警覺再次出現。張棗身上多多少少也有流離感，不一定是事實的流離，而是一種心境。遠離祖國和母語對每個詩人來說，終究是不同的，尤其是，時間的流逝已經撫平最初的失落與不適應。胡冬說：「我有時會引用一個流亡到美國的荷蘭詩人的話來作為我的遁詞，他是這麼說的，『我寧願得懷鄉病也不願還鄉』倫敦擠滿了來自全世界的流亡藝術家和詩人，持不同政見者或者乾脆是厭倦家鄉的人。你每天都會遇到他們。好在他們並不關心你是否homesick。也許他們也像我一樣漠然，不會為此多愁善感。我很少想念家鄉，更不想念中國，雖然我始終在考慮它，消解它，雖然我早就離開了中國，而它從沒有離開我。」[21]而對於張棗，這個問題可能並沒有那麼嚴肅，不管是異國還是祖國，他大概更願意來去自如。無論是漢語性還是西方性，在他的詩歌中，都能煥發出一種甜美感。詩人和他的詩歌會陷入困境，但只要存在一絲化解的可能，張棗的聰明與優雅就會蹦出來，給出一個妥帖的解釋。鐘鳴說，張棗的詩歌，有時聰明得讓人受不了，或許也在於此。對於張棗來說，流離帶給他的，契合詩人本性的警覺。這種警覺，讓他追溯到一個很重要的問題：「對嗎，詩這樣，流浪漢手風琴／那樣？豐收的喀秋莎把我引到／我正在的地點：全世界的腳步，／暫停！對嗎？該怎樣說：不』?!」（張棗《跟茨維塔伊娃的對話》）──「不」的問題。詩

---

[21] 胡冬，〈詞語在深度的流亡之中向母語回歸〉，《滇池》，2011年，3期：50頁。

人夢想發明重新照亮母語的那一點，而母語是不斷再生的，就像一個從不停止變化的秩序。一首詩將人們引向的地方是起點，而非終點。世界的腳步不會停下來，詩歌也將源源不斷地注入母語，在發明她的那一瞬間被她所吸納。胡冬說：「詩人的未來充滿了對不的假設和對確定事物的懷疑，這當然包括著對自身的懷疑：為了在調整中檢驗他已確立的心中雪亮的語詞原則，他不得不以『不』為誘餌，在字斟句酌中呼喚出那個跟自己博奕的對手，也就是那個誘人的『反我』」。[22]「不」朝向的顯然是一個未來，在張棗這裡，更確切的說法也許是：從不停止尋找對話者。

在〈籠子裡的鳥兒和外面的俄爾甫斯〉一文中，鐘鳴稱張棗已預先進入祈禱型詩人的行列。[23]在《卡夫卡致菲麗絲》中，「我」是不安的、謙卑的對話者，祈禱籠罩於一種對自身之小的惶惑與不可觸摸之物的敬畏感中：「世界顯現於一棵菩提樹，／而只有樹本身知道自己／來得太遠，太深，太特殊；／從翠密的葉間望見古堡，／我們這些必死的，矛盾的／測量員，最好是遠遠逃掉。」在《跟茨維塔伊娃的對話》中，對話者「我」是成熟與自信的，同時也是警醒的，因此才發出了一個深思的、理性的「不」。到了組詩《雲》中，這個和兒子對話的「我」進入一種更平緩的語氣中：「在你身上，我繼續等著我」。對於詩人來說，「你」是作為「我」的未來而存在的對話者：「接住『喂』這個詞」；「臉『啊』地一聲走漏了表情」，在這個初學語的兒子身上，交流化約為最簡單的詞，或者說，僅僅是聲音：「你燕子似的母音貫穿它們。」然而，在詩人看來，這個未來的「我」身上卻有著無窮的力

---

[22] 胡冬，〈詞語在深度的流亡之中向母語回歸〉，《滇池》，2011年，3期：50頁。
[23] 鐘鳴，〈籠子裡的鳥兒和外面的俄爾甫斯〉，《秋天的戲劇》，學林山版社，2002年，359頁。

量：「你只要說出樹，樹就會／閃現在對面，無論你坐在哪兒。」
詞的誕生和物密切相關，它用來指稱物，標記物。人們漸漸學會修
辭、妄語之後，詞和物的距離就越來越遠。對於學習語言的孩子來
說，每一個最初學得的詞都指向一個具體的物與場景。於是，那一
聲說出就具備了不同尋常的魔力。那是，人們欣喜地看到失落已久
的身體重新回到詞語的軀殼中：「你喊著你的名字，／並看見自己
朝自己走出來……」（張棗《雲》）在這個未來的「我」身上，命
名即是讓物回到它自身。而這也正是在那個遙遠的過去中，古老母
語的詞彙最初被發明時的作用——命名，即讓被命名者成為它自
己。或許，詩人在這個未來的「我」那裡看到的，正是過去：「你
祖父般／長大。你，妙手回春者啊！」（張棗《雲》）而母語，人
們重新發明的母語，實際上源源不斷地在流向它的過去，未來才是
祖先。在這個意義上，詩歌是寫給未來的，張棗傾心的對話就是他
在《大地之歌》中流露出的：「為孩子和環境種植綠樹」。此時，
詩人對於不可見的力量有了另一種態度：「只因為它不可見，／瞳
孔深處才濺出無窮無盡的藍，／那種讓消逝者鞠躬的藍」。（張棗
《雲》）是謙卑的，也是寧靜的。對於詩人，這個未來是滿懷希望
的，它和過去圓滿地縫合，是為永恆。

　　張棗曾說：「一個東西只需要30%就可以像那個東西了，做到
60%就更像那個東西了，做80%就很像那個東西，做到100%就是那
個東西了，但如果做到200%甚至300%就是浪費，但這個東西看上
去就不一樣。我覺得英國音響就是一種完美的瘋狂，就像一個完美
的鋼琴彈奏者。就像古爾德那樣的鋼琴大師一樣……把這個聲音發
出來的那個妄想，就是一個浪費自己的妄想」。[24]在張棗身上，有

---

[24] 張棗，〈「甜」——與詩人張棗一席談〉，《親愛的張棗》，江蘇文藝出版社，
　　2010年，216頁。

一種對詩歌近似完美的瘋狂的妄想。他的詩歌總量很少，詩人不願意重複自己。空白，在他的詩歌中，就有這麼點妄想的意味。已經是空白了，已經在人們目力不能抵達的地方。詩人卻依然沉醉於他的空白練習曲：存在、騰空、存在、騰空……靠近他妄想中的空之飽滿，那越空越飽滿的東西：「這個少，這個少，這才是／我們唯一的溢滿塵世的美滿」。（《猖狂的一杯水》）在這個空白中，有一個難以被理解的張棗，他頹廢、狂傲、心懷秘密。一方面，人們試圖理解和被理解；另一方面，卻在排斥理解。在張棗身上，也有這個矛盾，我們無從去瞭解一個人的全部。他的詩歌──當我們試圖從那些善意的對話中，把握那個露出親熱黑眼睛微笑的詩人時，卻發現，他已經預先騰空自己的一部分。也許，詩人已經預感到，那是不能被接受的他，就像他廢棄掉的那些詩歌。說到理解，誰都不能奢求它的全部。也許，就像偶然邂逅的幸福一樣，被理解也同樣是偶然的。張棗去世前不久，給學生的短信中說，他覺得自己很理解別人，但是卻不被理解。他提前設下難猜的謎語，讓人無法走近。他提前預料到結局，因此也不願走近。《大地之歌》中，詩人說：「這一秒，／至少這一秒，我每天都有一次堅守了正確／並且警示：／仍有一種至高無上……」那是詩人悄然高出別人的一秒與正確，也是他孤獨的對至高無上的仰望。然而身體，當他在比喻中一次次地被騰空時，已經迷失在人們的視線中。或許，它也令詩人自己迷失。張棗不願展示的那個自己，也許就是他在詩歌與生活中缺失的自己。他追逐完美與至高無上，身體迷失了，指尖的幸福溜走了。胡冬說：「愛，可能才是真正的出口」。張棗卻說他沒有愛過任何人。

ZHONG MING

恍惚與界限
之間的身體

那些彼此不信任的人，

他們誰也不願意記住

那些曾扼制名字的力量，

我的失蹤乃是一個無名者的失蹤。

——鐘鳴〈我是怎樣一個失蹤者〉

鐘鳴

鐘鳴，1953年出生於四川成都，曾就讀於重慶西南師範大學中文系，大學期間始創作現代詩。1982年畢業後，先後在大學、報社任職。出版有隨筆集《城堡的寓言》（1991）、《畜界，人界》（1995）、《徒步者隨錄》（1997）、《塗鴉手記》（2009）、三卷本《旁觀者》（1998）、評論集《窄門》、個人詩集《中國雜技：硬椅子》（2003年）、長詩〈樹巢〉收入兩卷本《後朦朧詩全集》。著有詩集《垓下誦史──鐘鳴詩選》，其他詩作曾收入於德國荷爾德林基金會出版之德文版四川五君詩《中國雜技：硬椅子》（1995），《中國新詩百年大典》等。1992年短詩《鳳兮》榮獲臺灣《聯合報》第十四屆新詩獎。

05 鐘鳴
恍惚與界限之間的身體

　　鐘鳴說過，詩人張棗發明了只對一首詩有效的私人語彙。而敬文東則說：「鐘鳴自己正好相反：他發明了一套對自己整個書寫都有效的語彙」。[1]三厚本的《旁觀者》，封皮設計精美的自選詩集《中國雜技，硬椅子》，妙趣橫生的《畜界‧人界》，2009年出版的《塗鴉手記》，再加上2015年出版的《垓下誦史》。在《塗鴉手記》中，解釋「地理學」（geographic）這個詞時，鐘鳴說它源於希臘文的兩個字：ge和grapho，字義是「地球」和「我寫」，他詩意地稱之為「關於地球的塗鴉和描述」，這也是作者寫作本書的野心和夢想。在新版《畜界‧人界》的後記中，鐘鳴寫道：「在我看來，真正的才華不在於一得一失，也不在於此時此地，對於一個真正的詩人來說，終其一生的耐性才是其秘密武器。」[2]他一再強調卡夫卡的說法：缺乏耐性是我們無法回到天堂的真正原因。耐性在鐘鳴身上，也許是一個秘密。不是說別人不知道，而是做不到。耐性緩解了速度與反應的靈敏度。因此對於鐘鳴來說，寫作在他那裡獲得了一種自己的速度與成長。他的才華不屬於急智型的，毋寧

---

[1] 敬文東，《中國當代詩歌的精神分析》，中國社會出版社，2010年，243頁。
[2] 鐘鳴，《畜界‧人界》，上海人民出版社，2010年，後記。

說是性格決定了這一切。因為有耐性等待某種東西自然地在頭腦中成長，被自己思考與接受，就少了即興與趨附。也因為有耐性等待那些遲遲不發芽的東西在凍土中醞釀，就少了浮躁：「我們將忘記南方那揮霍的習性，而記住北方凍結在土裡的鳥食」。[3]在柏樺身上，天份表現為一種揮霍，他迅速地感知與獲得常人不及的東西，迅速地消耗它們，直至沒有。或者說南方性，灼灼生華，自燃般地消耗，因為缺少抵禦自身的能力，也就不能保持下去。1980年代四川的眾多詩人也如是。或許，寒冷的北方賦予詩歌與詩人另一個向度，即持久性，那種耐得住漫長冬季荒蕪與枯燥的持久性。鐘鳴曾說：「在別人寫抒情詩的時候，我延續過去的愛好跑去寫敘事詩了；在別人寫『史詩』時，我卻熱衷於短詩或相反；而在許多人大獲成功接近自封的『大師』，或以過來人自居的時候，我卻開始對詩歌保持距離，採取陌生化的方式寫上了隨筆；等別人開始成年人的文學路線——青春期詩歌，中年小說時，我又像小學生親切地回到了詩歌的門檻上——其中有下意識的成分，但絕不是存心作對，而是性格所使然，命運所使然。」[4]當人們專注於自己思考的問題時，就悄然與世界產生疏離感，甚至也和自己——和那個即興的、衝動的、熱衷一切新鮮與好玩事物的自己，產生距離：「蝸牛覺得自己的鼻子很短，／但它卻探得書中的路程，／終將獲得結局。在圓桌上／它拋棄了勝利，尤其是／那種輕而易得的勝局」。（《蝸牛慢行紀》）不管是詩歌還是隨筆，在鐘鳴那裡，都因為耐性，因為思考的反復與深入，而逐漸蔓延為一個相互勾連的整體，同時獲得深度與輻射度。而鐘鳴身上，又有南方的精緻性、趣味性與神秘性，他的語言是很個人化的。在這種個人化的語言中，身體是在

---

[3] 鐘鳴，《塗鴉手記》，上海人民出版社，2010年，253頁。
[4] 鐘鳴，《中國雜技：硬椅子》，作家出版社，2003年，8-9頁。

場的，然而語言標識的，卻不僅僅是這種單純的在場，還有它的延伸、恍惚與錯位。也就是說，在鐘鳴的書寫中，下意識地包含自己的對立面——但並不是玩弄修辭的對立面。而是在他持久的身體感受與思考中，遇到的不可避免的尷尬與矛盾。甚至對立本身，也不像在歐陽江河的詩歌中，那麼圓熟與精巧。在鐘鳴的這裡，對立也是不確切的，有語言和道德難以去定義的曖昧性。《旁觀者》中，他用了「恍惚」一詞。恍惚在鐘鳴身上是無意識的，他無法控制筆下的滯澀、停頓與飄忽，這是他的作品難以理解的一個原因。然而鐘鳴又能洞察到這種恍惚，他思考它，甚至迷戀它，卻不放任它。

他的整個書寫，都是清晰而理性的，卻有一種無法定義的輕盈性與模糊性。或許在可知與不可知之間，這個深度思考者與語言的唯美主義者，已經為自己劃定了界限：一方面是可以超越的自己，另一方面是永遠不能打破的界限。在《美國講稿》中，卡爾維諾談到文學的繁複性，他說：「我們是什麼？我們中的每一個人又是什麼？是經歷、資訊、知識和幻想的一種組合。每一個人都是一本百科辭典，一個圖書館，一份物品清單，一本包括了各種風格的集錦。在他的一生中這一切都在不停地相互混合，再按各種可能的方式重新組合。……但願有部作品能在作者以外產生，讓作者能夠超出自我的局限，不是為了進入其他人的自我，而是為了讓不會講話的東西講話，例如棲在屋簷下的鳥兒，春天的樹木或秋天的樹木，石頭，水泥，塑膠……」。[5] 鐘鳴也有這個夢想，用他繁複的筆觸，喚出事物和它們身上比人更持久的品質，它們超越時代的變幻與人性的陰晴不定。甚至，他走得更徹底，從器物入手，研究三星

---

[5] 卡爾維諾，《美國講稿》，蕭天佑譯，譯林出版社，2008年，119頁。

堆和上古文化。他說要重建一個金石學上的研究，說這是中華民族的記憶問題。[6]身體召喚人們去寫作，寫作朝向的盡善盡美，又呼籲出一個為世界而行動的身體，日臻成熟與健全的身體再度召喚寫作……在鐘鳴這兒，循環進入良性的狀態。不盡完美的現實，讓人們朝向夢想中的詞，詞語卻讓人們再度發現事物身上可貴的品質。不再滿足於詞的人，開始觸摸與瞭解物，用語言為他人與子孫後代記錄重新發現的物的種種。記憶延續，詩意與物性延續，人們於其間錘煉而成的品質也延續下去……

> 我只能這樣。蓋子裡
> 是一個多麼慷慨的世界，
> 把各種刺耳的聲音容納，
> 即使是一塊粗糙的石頭，
> 我劃破的也是自己的喉嚨，
> 我用水濃縮了的酸性掌紋，
>
> 驚擾的是我自己的靈魂，
> 它粗糙得實在不成樣子，
> 那是個什麼樣的歲月喲！
>
> （鐘鳴《我只能這樣》）

在詩人身上，有一種聚斂性，對外在於自己的一切和自身的一切。他通過自身過濾它們的傷害性，即使他忍不住發出感慨：那是個什麼樣的歲月喲！但這位深度思考者顯然不願意讓自己陷入「盲

---

6 鐘鳴，〈鐘鳴·「旁觀者」之後〉，《詩歌月刊》，2011年，2期。

目仇恨，二流的牢騷」中。齊澤克談「內在違越」，他說：「權力一直是，也已經是自己的違越，如果權力要發揮效力，它就必須依賴某種卑劣補充。」[7]意識形態本身包含它的對立面。鐘鳴說「虛假意識形態的人格化」，實際上就是人們畫地為牢，陷入邊緣者的自我框定中，自以為站在對立面。他們批判與違背他們所批判與違背的東西，卻盲目地陷入「違越」式的補充地位，對意識形態而言。詩人一旦意識到這點，就會讓那盲目的、衝動的、自以為的仇恨和牢騷通過自身進行調節與轉化：「我決不在城市裡瘋跑，／也決不和任何人交換，／我傷害著自己的灰塵」。（鐘鳴《我只能這樣》））他與他不滿的一切保持距離，認清它們，卻不會去「咬人」。詩人說：「靈魂只能按照自己的性質／分配給未來碳化的界線」。（鐘鳴《我只能這樣》）鐘鳴追溯時間中的碳化物，他用的更多的一個詞是「氧化」：「而秘密則意味著美麗和氧化，秘密僅僅因為美麗。現在人們一般不說氧化，而說犧牲。」[8]他想在自己的寫作中記錄氧化物與氧化作用，那些過去時代的隱秘與美麗：「在咽氣斷殼的氧化物中，我看清了／它華麗的隱身術」。（鐘鳴《鳳兮》）而詩人的寫作，也有意識地將自己列入這個氧化過程中，給所有的後來者梳理出一條隱秘的脈絡。母語的美與疾，在鐘鳴這裡，褪去了大而不當的華麗和駭人聽聞的怪誕。他聚斂它們，用耐性等待時間的沉積、篩選與揮發，開出那朵奇異的玫瑰。博爾赫斯講過一個故事，煉金術士的玫瑰：好奇的、滿懷熱情的人終於等不住了，失望了，離開了……煉金術士對著已成灰燼的玫瑰吹一口氣，它在他的手中重新綻放。

　　「傳承有序」，鐘鳴喜歡強調這一點，也屢次談到中國文學

---

[7] 齊澤克，《幻想的瘟疫》，胡雨譚、葉肖譯，江蘇人民出版社，2006年，33頁。
[8] 鐘鳴，《塗鴉手記》，上海人民出版社，2010年，33頁。

中的「殺父情結」。也許在他看來，那條不可逾越的界限即是：人們必須對這個我們已經生活其中的世界，我們已經作為它延續下去的一環的歷史，和我們前人做出的種種努力，心懷感激與敬畏。當然，這一切以不同的方式來到不同人的身上。在鐘鳴那裡，並非簡單的接受與承認。然而一旦他把它們稱之為界限，自己就必須予以尊重。談到張棗詩歌中的讖語時，他說：「聖人也早已提醒眾生：不知生焉知死」。[9] 界限並非不存在，如果不只是把它當作言辭——當作那種讓實際的衝突在其中閉合的言辭[10]。就像齊澤克講到的笑話：一個顧客在吧台前喝威士忌，有一隻小猴子跑過來，在顧客的酒中洗自己的卵；顧客換了杯酒，猴子還是照樣。顧客很憤怒，問服務員為什麼，服務員說他不知道，讓顧客去問在酒吧裡唱歌的吉普賽人。這個吉普賽人聽了之後，就開始悲傷地唱起猴子洗卵的歌曲，他以為顧客要聽自己唱歌。齊澤克說這個吉普賽人：「當他聽到具體的抱怨時，他也唱起了永恆命運的悲歌，也就是說，他改變了問題的語氣，把它由具體抱怨變為對命運之謎的抽象接受。」[11] 這就是所謂的衝突在敘述中閉合。當人們的身體遇到現實世界的種種——那些他們不可知、不敢知的種種時，禁忌並不能夠通過「界限並不存在」這一說辭而被消除。

鐘鳴說：「我對人道主義的勝利才是人的最後勝利這點深信不疑。其實，人無時不在自己的局面中。它常令人陷入尷尬。哲學的

---

[9] 鐘鳴，〈詩人的著魔與讖〉，《今天》，2010年2期，117頁。

[10] 齊澤克談到「衝突在敘述中閉合」，他說：「敘述之所以會出現，其目的就是在時間順序中重新安排衝突的條件，從而消除根本矛盾衝突，因此，敘述的形式也正證實了一些被壓制的矛盾衝突」，簡而言之，就是人們在修辭的世界中解決現實中不可能解決的矛盾，實際上也是一種虛假的幻象，參見齊澤克，《幻想的瘟疫》，胡雨譚、葉肖譯，江蘇人民出版社，2006年，12頁。

[11] 齊澤克，《幻想的瘟疫》，胡雨譚、葉肖譯，江蘇人民出版社，2006年，53頁。

困惑，其實也就是現實的困惑。」[12]理解這一點，才能夠在鐘鳴的文字，甚至他的生活、他所專注的事情中，找到一個整體的精神脈絡。當鐘鳴說到「詞的勝利」時，並沒有貶斥語言。他憂慮人們陷入語言與現實惡性循環的怪圈中，無法自拔。因此他希望用物的堅實性和生活的實際性，消除詞語帶來的種種幻想。齊澤克說：「同『真正的藝術』相比，流行劇和低劣仿製品更接近於幻想。……幻想本身就是個謊言。真正的藝術巧妙地操縱幻想，愚弄了幻想對思想的管制，從而揭露出幻想的虛假本質。」[13]羅蘭·巴特也曾經說過：「全部文學意味著：『Larvatus prodeo』，即『我一面向前走，一面指著自己的假面具。』……真誠性需要虛假的，甚至明顯虛假的記號」。[14]也許，區別僅僅在於：用虛假偽裝真誠，還是讓虛假揭露自己、指向真誠？鐘鳴敬畏界限，那是身心在與世界發生最深刻的相遇時，不得不因為它而卻步或沉默的東西。寫作的真誠性源於界限：說什麼不說什麼，為什麼這樣說而不是那樣說。界限的喪失，對於詞和物來說，都是滅頂之災：

> 野獸慘遭滅絕，靈魂繼續惡化，
> 時間測算痛苦的是另一個框架，
> 地質學中沉寂的部分已被發掘，
> 巨大的行星被非人的力量吸吮。
>
> （鐘鳴《時代》）

---

[12] 鐘鳴，《旁觀者》，海南出版社，1998年，293頁。
[13] 齊澤克，《幻想的瘟疫》，胡雨譚、葉肖譯，江蘇人民出版社，2006年，24頁。
[14] 羅蘭·巴特，《寫作的零度》，李幼蒸譯，中國人民大學出版社，2008年，26-27頁。

1

　在《旁觀者》中，鐘鳴說到「文化名人」：「這是奇特的社會現象。不是我們室內人所能解決的。它像鴉片，具有興奮和麻醉作用，來自人群最幽暗的部分——譚嗣同用了一個詞來形容它：陰疾。」[15]販賣苦難，用自己受到的不公正待遇來煽動人群和自身。這是文化中的疾，常年生長在陰暗而潮濕的地方，把陽光本身連同陽光下的罪惡一同列為憎恨的對象。一旦滋生與蔓延開來，就勾連起心中的陰暗部分，成就自以為是的「美麗心靈」。這樣的傳奇故事與文化名人任何時代都有，不管是真實的還是虛構的。人群需要它們，它們就在演繹中流傳著。人群是滋生與助長陰疾的地方，看與被看，看者與被看者的表演與心態，均隱秘地構成一幅奇特而玄妙的景觀。在鐘鳴這裡，就是他的《中國雜技：硬椅子》：

　　　當椅子的海拔和寒冷揭穿我們的軟弱，
　　　我們升空歷險，在座椅下，靠慎微
　　　移出點距離。椅子在重疊時所增加的
　　　那些接觸點，是否就是供人觀賞的，
　　　引領我們穿過倫理學的蝴蝶的切點？

　　　　　　　　　　　　（鐘鳴《中國雜技硬椅子·1》）

　詩人選取雜技中椅子的疊加、不斷將危險推向更危險的情境。然而對於供人觀賞的雜技來說，這令人屏息而凝視的危險，只是表演的一部分。它喚起一次次悸動之後，依然冷冰冰地走向自己專注

---

[15] 鐘鳴，《旁觀者》，海南出版社，1998年，248頁。

的更高的高度。參與其中的身體是脆弱的，然而椅子重疊之時，給觀賞者帶去又一次震撼，卻讓人忽略了表演者身體微小的變化。詩人洞穿了我們文化中的冰冷與生硬。詩歌有一種唯美情調，卻也冷冰冰地滑向硬度：「椅子繃緊的中國絲綢，滑雪似地使他滑向／冬天，他專有的嚴冬。」（鐘鳴《中國雜技硬椅子・2》）絲綢柔軟、精緻，卻特有一種冰冷，尤其當它冰冷地覆蓋在硬椅子之上時。詩人並沒有極盡鋪陳文化中的美與疾。絲綢覆蓋椅子的狀態，他藉此找到物的切入點，冰冷、美麗、不可言說的神秘感全都出來了。疊加椅子的技藝在不斷升高海拔的過程中，也增加著寒冷。這個自然現象中正相關的比例，隱喻技藝本身的完美度與它的冰冷度：每一次疊加都在推進更危險的美，更不可及的美。然而對高度與完美度的追求，僅僅是表演本身的要求，僅僅是人們能夠在一場技藝中化解的對危險的緊張感──也許又能回到衝突在敘述中閉合這樣一個問題。那麼身體就是不在場的：「輕身術會使人更加超然嗎？」（鐘鳴《中國雜技硬椅子・1》）鐘鳴指涉的是這樣一種文化現象：被觀看者與觀看者一同參與表演，前者對身體柔軟度和適應度的訓練，以及後者的驚詫、唏噓和緊張，都是預先被設計在場景之內的。表面上看，一個身體在呼喚另一個身體，表演者在調動觀看者。然而實際上，他們的身體，都作為技藝的一部分被差遣、調動，即使出現恐慌，也會在最後圓滿地化解。身體是缺席的，即使它看起來在場，那般地緊張與焦灼。這是文化的弔詭之處，它讓人們以為身處真實，實際上自己的一舉一動都已經成為虛假的操練：「爬高者在椅子上，像侏儒般倒立，露出些破綻，／看它是詩，天梯，還是椅子，或椅子上的木偶？」（鐘鳴《中國雜技硬椅子・1》）在《旁觀者》中，鐘鳴虛構出一個場景：人群發出熱烈的叫聲，對著馬戲團的表演。有三個人站起來，蔑視著觀眾，然

後消失了，這三個人是羅伯特·穆希爾、卡夫卡和曼德爾斯塔姆。
「後來，穆希爾寫了《黑色魔術》──探討有趣的場景，什麼是生命呢？生命就是活著譴責每件事。但以上帝的名義，什麼又是活著呢？這是個難題。」[16]什麼又是活著呢？像侏儒般倒立，還是像椅子上的木偶？技藝的輕身術，無法讓人更超然，如果技藝只是在掏空身體，而不是減輕身體。如果人們看起來還活著，實際上已經不再活著了，他們就是身處一場雜技表演中，無論它如何精彩，都只是表演而已。

在這場表演中，處於最高處、最寒冷之處的人就是皇帝。「皇帝最怕什麼，椅子」。（鐘鳴《中國雜技硬椅子·2》）鐘鳴說：「其實，皇帝並不怕椅子，他的權力足以讓所有看得見的椅子頃刻消失……他坐如針氈怕的是附著在椅子上的那些神秘的意識。」[17]他怕的是那些「深邃的目光，將要／對付他」，他們盯著他的一舉一動，盯著他的「不清潔」。這是身居高位者最寒冷的事情，目光的聚焦讓他不得不謹小慎微。這顯赫的身體，也只能淪為目光中的軀殼：

> 因此我們有責任讓嘴和椅子光明磊落。
> 在皚皚而無雪的冷漠和空虛裡，
> 在繃得像陶土一樣的千人一面，
> 他坐出青綠，黃色，絳紫，制度，吃住軟硬，
> 兼施暴力和仁慈。
>
> （鐘鳴《中國雜技硬椅子·2》）

---

[16] 鐘鳴，《旁觀者》，海南出版社，1998年，1228頁。
[17] 鐘鳴，《中國雜技：硬椅子》，作家出版社，2003年，16頁。

目光的聚焦經由被聚焦者，返還到投射者的身上。皇帝返還了他的看，那高高在上的看。羅蘭・巴特在寫艾菲爾鐵塔時，說它兼具觀看與被看的功能。人同樣淪為目光的軀殼：「把經筵像巨缸頂到我們的／頭上，我們便有了讀書月，有了豐雪兆年」。（鐘鳴《中國雜技硬椅子・2》）表演者一旦上升到他危險的高度，他的身體就淪為維持高度的係數。觀看者們會一直盯著他，看他會不會摔落。然而高度同樣截獲了觀看者，他們必須要向自己緊緊盯著的高度持仰望姿態。於是，擁有高度的人，就成為他們臣服的對象。表演者與觀看者彼此捕捉與束縛，而他們都是表演這一形式的囚徒，被束縛在它的牢籠中：「我們有『私』嗎？公開後將不存在」。（鐘鳴《中國雜技硬椅子・3》）

　　當所有人都被置於這場看與被看的表演中，「歷險」、「輕身術」，王的「光明磊落」和書生們的「讀書月」，就都成為謹防目光的表演。文化把人置於怪圈中：用自己的目光捕捉他人，同時接受他人返還的目光再將自己束縛，直到人們之間的羈絆千絲萬縷，再也分不清是誰在盯著誰。最後的狀態是：想像自己置身於被凝視中，並讓這種凝視擺弄身體、左右身體，直至身體形成表演的慣性。

　　因此詩人才說：「我們能否有被公開後／依然存在的那種『私』，那種恪守，／因傳種的原理而被愛和它的狹義撬動？」（鐘鳴《中國雜技硬椅子・3》）那種「私」即是身體的真正脈動所在，不為表演存在，那種私是對身體的恪守：「僅屬於攀援之手，唯一的，非別的手，／不是所有的時候，也不會在別的椅背上」。（鐘鳴《中國雜技硬椅子・3》）詩人試圖釋放一種唯一性：身體在發揮它自己，卻並不是作為一種依附，一種隨時隨地可以被取代的依附。身處這雜技般的文化背景中，是選擇不斷地把

自己置於更高的海拔中，成就那冰冷的、讓身體消失的表演；還是僅僅退回到身體的感受中，摸索另一種可能性：「或靠著它難以理解地步步高到風險和／眾矢之的？在它私下沉落的光亮之中，／有輕抬的腕托給它永遠被遺忘的輪廓。」（鐘鳴《中國雜技硬椅子·3》）詩人選取椅子，就已經暗示一種被做出來的、缺乏呼吸的感覺。樹是有生命和呼吸的，它也有硬度，但它的生長卻以看不到的方式改變硬度。樹是變化著的身體，堅強而有韌性。椅子卻只是被「拼湊」起來的「薄木板」，即使它可以被做到龍椅的精緻程度，覆蓋著無比輕柔美麗的絲綢，卻只不過具有一種喪失呼吸的硬度。疊加，無論怎樣的疊加與它們所塑造出的驚奇，都是僵死的不變，是沒有呼吸的做，而不是生長。我們的文化一旦陷入這種做的怪圈，無非就是人們爭先恐後地去把自己置於風險的最高處，讓身體消失在最頂端的椅子中。在僵死的至高點，新一輪的表演與觀看往復迴圈：「是誰呢，／使得我們的面子像拼湊椅子的薄木板，／因為沒有表情而被瓦解」。（鐘鳴《中國雜技硬椅子·3》）身體的輪廓被遺忘了，身體的呼吸消失了，身體也就成為了椅子，那疊加到更高地方的薄木板。是誰呢？詩人也追溯到這個問題。張棗的《何人斯》中，有「究竟那是什麼人」這一追問，藉此他追溯與重新發明古典詩意。在鐘鳴這兒，也是一種追溯，不過他追溯的是另一個方面：那讓我們的身體與真正的詩意消失的那種「詩意」，那種被人們信奉與崇拜的虛假與冰冷的美麗。「讓鐵人和硬骨頭，／從雜耍裡走出來，而人間私事則成了『醜聞』」。（鐘鳴《中國雜技硬椅子·3》）這是另一個極端：在不斷做出高度與完美度的表演之外，私的污點被放大為人盡皆知的醜聞，這同樣是不真實的，更是殘酷的。實際上觀看與被觀看這一關係，緊密連接暴君與暴民的兩端，獨裁者和群眾的暗疾互相糾纏與感染，彼此滋生者對對方

的蛛網。稍微深思，就令人毛骨悚然。

「她們練就一身的柔術，卻使我們硬到底，／不像肋骨在我們體內，能贖罪，得救；／不像一株蔓，牽引著鳥和它定時而歸的幸福」。（鐘鳴《中國雜技硬椅子‧4》）詩人直接點明這做出來的柔軟、這應表演而生的柔軟，是缺乏呼吸的。它不能夠變作夏娃的肋骨，也不是牽引鳥兒的蔓。柔術只是在製造一種柔軟——和硬椅子一樣缺乏呼吸，它充其量只能喚起一種生理性的硬，或者是那冰冷的、制度的、死板的硬。人們不能因此像亞當與夏娃那樣，在被逐出伊甸園後，在遇到他們的真實生活後，仍然能夠通過身體感受到的最切實的痛苦與快樂去贖罪。詩歌，如果不能喚起呼吸的身體，只是把自己嵌入文化表演的怪圈中，就無法說出最真實的處境，而僅僅墮入一種讓問題在表演中閉合的矯飾與空虛：「她們的柔和使椅子像要一個軟枕頭／似的要她們，要她們燈火裡的技藝，／要她們柔軟胸部致命的空虛。」（鐘鳴《中國雜技硬椅子‧4》）無關痛癢的柔軟，作為一種技藝的錘煉，讓人一次又一次地抬頭矚目它達到的高度——這是文化怪圈需要的。我們沉溺於這致命的空虛，忘記生活的真實所在。生活不是表演。因此，穆希爾離開馬戲團，說：「生命就是活著譴責每件事情」；卡夫卡離開馬戲團，寫出《約瑟芬，女歌手或耗子的民族》，他說：「我們之所以要聽約瑟芬唱歌，正因為她不是歌唱家。幾聲尖叫就能讓我們心滿意足」[18]；曼德爾斯塔姆離開馬戲團，寫出諷刺史達林的詩：「我們的侏儒領袖被一群蠢貨包圍，／他把這些傢伙當寵物玩弄於股掌」，他因此而獲罪。[19]什麼才是活著？從表演的舞臺、看與被看的伎倆中退出，思考一切是為什麼，「我」的身體究竟在什麼地方。

---

[18] 卡夫卡，《卡夫卡全集（1）》，盧永華等譯，河北教育出版社，1997年。
[19] 鐘鳴，《旁觀者》，海南出版社，1998年，1229頁。

2

在寫出《中國雜技：硬椅子》的二十年之後，鐘鳴創作出組詩《耳中優語》。不同於表演性的、將身體置於公共凝視中的雜技，耳中的優語是一種隱秘與親密的訴說，貼近身體：「它幾乎是個少女，從豎琴與歌唱／這和諧的幸福中走出來／通過春之面紗閃現了光彩／並在我的耳中為自己造出一張床」。（里爾克《致俄爾甫斯十四行》）[20]在此之前，鐘鳴創作的長詩《樹巢》中有一節《風截耳》，在那時，詩人就已經開始關注這貼近身體的訴說與傾聽。里爾克（Rainer Maria Rilke）《杜伊諾哀歌》的開頭：「有誰在天使的陣營裡傾聽，倘若我呼喚」[21]。對於俄爾甫斯來說，傾聽者就是知音者，詩人呼喚的即是知音。在里爾克那裡，呼喚是朝向神性的，知音者是讓普通人震駭的天使。耶穌佈道的時候，對他的門徒說：「有耳可聽的，應當聽」（who hath ears to hear, let him hear）。[22]重點在於聽，而不是耳朵。耳朵可以聽得到神性、聽得到世間萬物的聲音：「風裡生出小獸和伶俐的耳朵，聽宇宙的聲音」（鐘鳴《風截耳》）；也同樣可以形同虛設，有耳相當於無耳：「變光明為黑暗，變萬里長風為污染的雙耳，／人被盯死，耳朵被曬乾！」（鐘鳴《風截耳》）貼近耳朵，表面上是貼近身體，或者說，詩人渴望如此。然而，耳朵本身會被規訓、污染，甚至被曬乾而喪失聽的生命力。就如同練就柔術的柔軟，其中那個可以呼吸與感知的身體是不在場的：「就像皇帝在風裡夢見消滅了灰塵，／牆壁上掛滿了鐵籠子，／掛滿了魚鰓，要把風／送入所有在逃的耳朵，混淆其視

---

[20] 里爾克，《里爾克詩選》，綠原譯，人民文學出版社，1996年，492頁。
[21] 里爾克，《〈杜伊諾哀歌〉中的天使》，林克譯，華東師範大學出版社，2005年，5頁。
[22] 《馬太福音》，13-9。

聽」。（鐘鳴《風截耳》）

　　敬文東說，在鐘鳴的詩歌中：「樹的海拔是理想的高度、人性的高度」，「椅子的海拔是現實的高度」。[23]或許，還有一種高度，是天空的高，不過，那顯然已經是不可及：「『請保持距離』，太陽對夸父說，／『那就是保護你的尊嚴！』火球開始／西沉，『當心，殘屑會刺傷你！』」（鐘鳴《追太陽的人》）夸父追逐的太陽，在人神不隔的年代已經是不可及的，這高度帶來的溫度只會灼傷人：「而他則變得詭譎／像一枚因哭泣而淌血的桃子」。（鐘鳴《追太陽的人》）身體聚集了超出它承受範圍的能量，只會走向自毀。也許，1980的詩人們，或多或少地有過這種追逐的妄想。他們看著年代的天空，張開雙臂，卻無視身體所處的深淵。聽力所及之處，同樣有高度的差別，即神的高度、理想的高度和現實的高度。張棗的詩歌，在尋找知音者與對話者，而他本人達到的高度決定了曲高和者寡這樣一種狀態。鐘鳴則從聽的角度，去輻射世界與萬事萬物。其中有理想的聽、現實的聽，甚至聽的淪喪。也許，鐘鳴從一開始就假定知音者的喪失——如果能夠遇到，那也只是很偶然的事情。物作為傾聽者喪失物性與自然性：「從樹葉卷起兩隻耳朵，／偷聽公開的暴力。那些還在土中的人，／秘密的萌芽」。（鐘鳴《風截耳》）說到底，是人的陰謀與恐慌玷污自然的自然性，讓風聲鶴唳轉為草木皆兵。人的耳朵則更早地經歷了淪喪：「再沒人涉水過河，／像壯士那樣唱『風蕭蕭……』」，「地上有無數三隻耳朵的秀才」，（鐘鳴《風截耳》）耳朵失去了對理想之歌的耐心，轉向卑劣的、利慾薰心的竊聽。看可以轉化為監視，聽也有監聽的功能。耳朵與世界相互污染、抽空，最終也難免

---

[23] 敬文東，《中國當代詩歌的精神分析》，中國社會出版社，2010年，225頁。

不成為另一種形式的表演：被監聽者為監聽者而說，監聽者的耳朵被被監聽者所束縛。

「但我一定要說出真理，／寧可麻雀叫我大嗓門」。（鐘鳴《我只能這樣》）詩人的目光犀利地透過世界，這個被假定已經喪失傾聽者的世界。唯唯諾諾、為瑣事而爭吵與計較的麻雀們，顯然受不了這種深度的透視：「深淵逐漸在擴大，眼淚，／像廉價換來的肺癆和乾瘦」；「小市民展開了聲勢浩大的習氣。／遍地都是唐璜似的音節和古板」。（鐘鳴《我是怎樣　個失蹤者》）深淵，如果它在1980年代、在某些人那裡，還可以算作是一種理想主義的高蹈。那此刻的深淵，則是從生命與生活的繁瑣、無聊、乏味開始擴大，而且勢不可擋。犧牲、死亡都是沒有意義的，因為要抗拒的是凡庸，那種將自己淹沒於灰色之中的凡庸。在這樣的情形中，交流與對話是不可能的：「那些彼此不信任的人，／他們誰也不願意記住／那些曾扼制名字的力量，／我的失蹤乃是一個無名者的失蹤」。（鐘鳴《我是怎樣一個失蹤者》）淹沒於灰色中的人，寧願用同樣的灰色眼光去淹沒別人，彼此消解對方的存在。詩人自詡為失蹤者，一方面是自身的疏離感，另一方面卻是無可奈何的被這個世界所烙印的身份：「你可聽說，樹林要把喧闐的麻雀開除？／用什麼方式呢？——請飛到別處去吧！」（鐘鳴《曼德爾斯塔姆失業》）在這個麻雀的時代中，詩人也自嘲地將自己列入其中。[24]人們是無法逃開時代和時代病的，歸根結底。

鐘鳴說：「如果說曼德爾斯塔姆的太陽是黑的，那麼我們的

---

[24] 鐘鳴說自己曾因辦《次森林》和被當作「問題」之人，調了幾個單位，一聽這種情況都拒絕了。最後，他不得不告訴人事處的人，如果別的單位來瞭解，這邊總說有問題的話，他只能永遠待在這。他們這才恍然大悟，他很快就調到了一家報社工作。於是就有了這兩句詩，廣闊的希波呂托斯之風，鐘鳴，《中國雜技：硬椅子》，作家出版社，2003年，182頁。

太陽恐怕就只能是灰的了，因為一旦道德降格以求，顏色便不會專一，而那恰恰是我們自己的傳說空間，和我們自己的希波呂托斯。」[25]也許，這是對他自己詩歌最好的闡釋。在曼德爾斯塔姆那裡，「黑太陽」是有犧牲性質的，詩人與祖國、與母語之間的關係，是希波呂托斯—淮德拉式的。因為拒絕亂倫，拒絕以不潔的方式玷污祖國與母語，而遭到迫害。[26]而鐘鳴遭遇的傳說空間，已不是黑色的恐怖與迫害，而是灰色的狂歡與腐蝕。當然，也可以對這個隱蔽的地獄視而不見，讓自己接受它直至成為它的一部分。然而對於詩人來說，灰色的太陽卻是在另一個意義上，讓人在自己的家園與語言中流離失所的東西。囚禁和放逐一樣，都意味著失去，前者的更可怕之處在於，我們甚至可能安然地接受它，遺忘它，以為自己從來都是自由的。

　　鐘鳴寫過一組以曼德爾斯塔姆命名的詩歌，他說，實際上，是寫我自己生活中發生的事情。他談到詩歌所處的希波呂托斯式的地位。但是他卻遠離「地下詩歌」這一說法。鐘鳴說：「很少有人去想想那裡面真正屬於我們的陰影和困窘」。[27]他對「虛假意識形態的人格化」很警醒，用苦難來哄抬自身與詩歌的地位是他所不屑的：

> 沙塵已將他們掩埋，像狗一樣
> 把生命全都誤解，
> 所有的犧牲全都出自口誤和悲傷，
> 然後像盲人論英雄

（鐘鳴《曼德爾斯塔姆遭流放》）

---

[25] 鐘鳴，《中國雜技：硬椅子》，作家出版社，2003年，185頁。
[26] 曼德爾斯塔姆因為寫詩諷刺史達林遭告密、被捕、流放直至死亡。參見鐘鳴，《旁觀者》，海南出版社，2006年，1229頁。
[27] 鐘鳴，《中國雜技：硬椅子》，作家出版社，2003年，177-178頁。

時代甚至消解了犧牲，讓它顯得不真實。崇拜英雄與犧牲，也就是去誤解它們，像視力不及的盲人一樣，最後得到的只能是虛假。身體更真實的處境，在於它的陰影與困窘：「他們向庸人致敬，向貸款的銀行出納員鞠躬，／他們接受毫無愧色的雄辯家和局長的兒媳婦」。（鐘鳴《曼德爾斯塔姆失業》聽起來，這些可能不會成為一個個讓人驚心動魄、唏噓感慨的故事。張棗說：「做人——尷尬，漏洞百出。」（張棗《空白練習曲》）這是身體的所在，必須要直視的真實：「我不信麻雀一下就從庸俗經濟學滑倒了後現代，／請注意，現在，他們一定在什麼地方抓耳撓腮。」（鐘鳴《曼德爾斯塔姆趕火車》）鐘鳴的詩歌中，對話者幾乎是不存在的，因為他從一開始就假定他們不存在。他的目光，投向時代與我們自身缺失的部分。在這個深度思考者看來，是身體在丈量詩歌。然而身體獲得的存在感，基於它對缺失的感知——對所有與我們相關的過去和未來中的美和美的失落的感知：「但我知道你高聳的顴骨和黝黑的肩膀／丈量著詩歌實際的距離」。（鐘鳴《曼德爾斯塔姆遭流放》）也許，這是詩人選擇曼德爾斯塔姆的原因，他帶給詩人的並非黑太陽，而是一種對處境真實的感知，一種倍感無奈的缺失：「我想遇到英雄，卻盡是狗熊／盡是小攤上仿製的皮貨」。（鐘鳴《曼德爾斯塔姆遭流放》）我們說流放是一種心態。為什麼人在自己的家園和語言中，卻依然若有所失？我們丟失了什麼？也許，就像張棗所說的，丟失了宇宙、與大地的觸摸，還丟失了一種表情。或者說，我們在家園中丟失了家園，母語中丟失了母語。胡冬說：「母語早已先於我們流亡了」[28]。在鐘鳴看來，因為缺失，我們縮小了：「一些人的死亡把我縮小了」[29]。也許，這是他的出

---

[28] 胡冬，〈詞語在深度的流亡之中向母語回歸〉，《滇池》，2011，3期：50頁。
[29] 鐘鳴，《中國雜技：硬椅子》，作家出版社，2003年，219頁。

發點。在《旁觀者》中，他讓優秀的亡魂們來到他的語言中。這不是野心，而是致敬。讓自己彎下腰，謙卑地致敬那些偉大的缺失。鐘鳴透視到這個精神圖譜，一如他透視到正在縮小的我們和時代，他的目光從未離開二者。因此，不難理解他古怪的調笑：「麻雀嘰嘰喳喳作了自己的麵包渣，／升至天堂的灰色大樓是那麼討厭」。（鐘鳴《曼德爾斯塔姆失業》）這是身體無可奈何的真實，在缺失之後的世界裡。而他的深邃與複雜，那看起來像笑一樣的哭泣[30]，同樣來源於缺失，來源於曾經在一些人身上存在過、卻隨著他們的死亡而消失的東西。

　　鐘鳴不讚賞圓熟，他說：「圓熟的文本特徵，也正是技術的單一化」，「寫作技術的有效性，必須在更開闊的視野中探討。否則，就不可能有客觀合理化的判斷」。[31]因此，他喜歡翟永明笨拙地抗拒魅力的詩歌，他警惕張棗詩歌中的聰明過人，他不喜歡歐陽江河詩歌中做出來的精緻。生命是有摩擦感的，鐘鳴期望容納於他詩歌中的，也是這些駁雜的摩擦痕跡。另一方面，他又是深邃的，不是跟著感覺走的那種狀態，因此，他的詩歌中缺少呼之即出的婉轉與流暢。可能他自己說的恍惚感，經常擾亂著思考與感覺之間的界限：

---

[30] 「我跟著棉花笑。笑就是哭，──男兒有淚不恍惚！這是我們的紅淚呀──『紅燭啊！是誰制的蠟──給你軀體？是誰點的火──點著靈魂？為何更須燒蠟成灰，然後才放出光？一誤再誤；矛盾！衝突！』」見鐘鳴，旁觀者，海南出版社，1998年，247頁，原本很不喜歡聞一多的《紅燭》，很顯然不能喚起這一代人的那種語氣，讀起來覺得誇張與做作，然而讀到鐘鳴寫的這一段時，我忽然被感動了，也似乎理解到了真實這一說，人們之所以會這樣來寫作，是因為他們只能這樣寫，詩歌不是歷史，不是說教，然而一首好詩卻永遠存在著它們投射於其中的點點滴滴，張棗說，杜甫能寫出好詩，李煜也能寫出好詩，在前者那裡，詩歌可能會成為一種真知灼見，在後者那則不儘然，然而不管怎樣，對於他們來說，都面臨了一種自身的真實，這是詩歌能夠打動人心的力量。
[31] 鐘鳴，旁觀者，海南出版社，1998年，439頁。

這些傳說帶走了一年又一年的灰塵，

坐在鏡子裡，鴉雀無聲一下就老了，

開始像蚯蚓一樣膽怯，再不敢放肆，

再也不能神氣活現地蔑視乘坐地鐵

（鐘鳴《我仍然只能這樣》）

　　憂傷的抒情性忽然蹦入對現實的戲謔中，詩人身上存在著雙面雅努斯。或者，我們根本不曾看清他是雙面還是更多面，或者僅僅是單面。因為鐘鳴警惕著，不把這一切納入正反或此彼的二元思考中。身體，含混的身體，原本就無法理清這些狀態。而界限，他堅決劃定的界限，總在謹防被恍惚感僭越。好在，他是防著的。詩人說，他們這代人，「要麼是不幸福的，要麼就是不道德的」，這是身處恍惚與界限之中的兩難。

3

　　隨筆集《畜界‧人界》中，鐘鳴提到一種動物「果然」，然而我們現在所知道的它僅僅成為一個虛詞，動物的身體消失了。鐘鳴說：「生物的滅亡，對過去遙遠活潑的生命之存在，或許是一種嚴重的威脅和一種莫名的恐懼，但對未來，那僅僅是一個極簡單的名詞或虛詞化的過程」[32]。他趣味性地，以一種類書的做法，在他的書中重新召喚出那些真實存在、存在過的、想像中的動物的身體。然而他已經隱隱透露出其中的悲哀之處——依然是消失與缺失。果然的身體是缺失的，而孔雀的身體正在消失。詞語的迷人之處在於，它魔力般地呼喚出人們的夢想、對遙遠年代與事物的神秘性的

---

[32] 鐘鳴，《畜界‧人界》，上海人民出版社，2010年，273頁。

追溯。然而詞語的無奈之處也在於，追溯之物，已經是此時此刻不能擁有的缺失之物。這其中的曖昧性是：詞的魅力，實際上取決於它對缺失之物的追求。為了更好地擁有它，才讓它缺失？受虐情結？或許，秘密在於，人生而缺失。孔子也道：「述而不作，信而好古」。我們追溯前人與過去，我們的前人又追溯他們的前人，大家都在不安地尋找自己缺失的東西，都認為自己是缺失的──事實上也是如此。而這種追溯，實際上關乎記憶。身處此時此刻的真正問題，不在於缺失。天堂以降，缺失就天然存在。而在於如何去看待它。致命的不是失去，而是漠視與遺忘這種失去。鐘鳴憂心的就是記憶問題，尤其是，記憶中的身體。

　　無法理解的不僅僅是人，我們還無法理解石頭、樹木、大地、天空和它們身上的品質。記憶，若不淪為對「果然」那樣的虛殼般的記憶，就必須連同記憶中彼時彼刻的身體一同銘記。「要特別小心那些玩針孔相機的攝影家──應該是照相師即攝影界所稱的『紅色攝影家』，他們會搖身一變成為覺悟者，什麼時代都不服輸，而且十分得逞。」[33]一個非常簡單的問題──首先是人對自己的記憶。留下的紅色攝影，在時間的流逝中，會淪為被任意填充意義的空洞符號──倘若健忘的人，不能回憶起自己彼時彼地的身體是什麼樣的。讚美和控訴都是毫無意義的，詞有時就是毫無意義的，如果缺失身體。太過忠實於身體，讓它滯留在語言的僵殼中，可能會被後者吸納到看不見；太過圓滑，讓身體在語言中搖擺、左右逢源，語言就成為遊戲，充其量不過是一個看起來漂亮點的軀殼罷了。

　　首先是生活的真實：「掌握事物，而不是服從命題」[34]；其次是思考，在命定地要讓自己陷入思考的地方，對跟著感覺走的

---

[33] 鐘鳴，《塗鴉手記》，上海人民出版社，2010年，43頁。
[34] 鐘鳴，《旁觀者》，海南出版社，1998年，1494頁。

那個自己喊停：「只能畫事物的表皮，事物並非事物」。（《塗鴉》）[35]這是詩人對語言的質疑：「他畫你外省的乖張／你卻要一個永恆的形象」；「就像畫了一千遍的撫摸。／牆把我們小心翼翼澆築在一起，／以至於我們無法感受肢體的膨脹，／肉感的威脅和麻木不仁的怯弱」。或者是不足，或者是過度，其實歸根結底都是不足。對於身體而言，表皮的描摹和過度的描摹，都讓我們失去了它。在《旁觀者》的寫作中，鐘鳴或許就是在和那個或者要離開、或者又賴著不走的身體較勁。鐘鳴說他自己「從曼德爾斯塔姆那裡，學會了對形容詞的削減，就像國家裁軍。」[36]恪守我們的真實，當人們開始修飾感情時，感情就要消失了。《旁觀者》中蔓延著的種種，都在召喚與抵抗那個身體。記憶自己，不僅僅是記憶，還要評價與思索那個曾經是「我」、現在正和另一個「我」融合的自己。

　　鐘鳴的筆下，時代與它的元素出現得很多。它們就像旁觀者書房外的喧囂，他聽它們，思考它們，卻彷彿從不屬於它們。他關注它們，像關注記憶鏈條中的一環，用以接合斷裂之處。而他真正關心的是，那些更遙遠的物和它們的時代。在成都，堆滿各種各樣古代器物的房子裡，他告訴我們：「我現在對當代不感興趣，我關心五千年以前的問題」。物往往比人更富有耐心，它們被製造、接受擺弄、做修辭之用，或被銷毀與埋葬。它們在時間中靜候被發現，然後被丟棄、販賣，成為新一輪的修辭附著物。或者因為機緣巧合，它們出現在某個命中註定之人的手中。他打量它們，觸摸它們的紋理與磨損處，讓它們釋放出自己承載的記憶——那些殘缺的，卻讓我們期待不已的遙遠的記憶，有關我們的祖先和他們生活，有

---

[35] 鐘鳴，《塗鴉手記》，上海人民出版社，2010年。
[36] 鐘鳴，《旁觀者》，海南出版社，1998年，93頁。

關我們從何而來。而我們，已經縮小的我們，正是在溯及缺失之物、溯及記憶的過程中，找到自己的所在——這是鐘鳴的夢想。這也是他不願沉溺於語言帶來的惡性幻想的原因，他試圖從物那裡，從物的堅實性中發掘出身體的真實所在：「很多人都不懂歷史，陳凱歌，拍皇帝啊，坐在那。舜帝禹帝全部要下地勞動，古書裡記載得清清楚楚。他們沒有歷史感，他們不懂。」[37]難怪齊澤克說流行劇更接近於幻想呢。說到底，人們要追溯的是真實，而不是幻想。即使人們幻想了，那也是因為有某種真實在裡面。所以會有神話學、心理學……

鐘鳴說到自己為什麼在《塗鴉手記》的開頭談地理學：「那個書從高地開始，最後到低地，就是到東南亞，其實我裡面的很多地方都專門談到這個地方，這條線正好是《山海經》的路線。中國的地理是地趨東南嘛」。[38]「關於地球的塗鴉」，詩意本身來源於某種真實性與堅實性。馬可波羅那兒有一本塗鴉，卡爾維諾那兒則有一本以前者的塗鴉遊歷為題材的塗鴉，並且取了一個很有詩意的名字《看不見的城市》。用看似真實的口吻訴說虛假，或者用虛假的語氣吐露真實。人的痕跡就是對世界的塗鴉，在鐘鳴那裡，這個詞是意味深長的。重要的還是真實，塗鴉掩蓋了真實、也洩露了真實。他的身體也穿越那條路線，古老《山海經》中就已經記錄的路線。時間中的人們來來往往，留下自己的塗鴉，修改或裝飾它的表面。而它本身，卻以自己的負載，不動聲色地昭示持久性與堅實性。

界限源於對真實的尊重，一旦明白這一點，言說與生活就不會脫節，這是前提。也正因為這樣，才有讖語，才有避讖之說，也

---

[37] 鐘鳴，〈鐘鳴：「旁觀者」之後〉，《詩歌月刊》，2011年，2期。
[38] 鐘鳴，〈鐘鳴：「旁觀者」之後〉，《詩歌月刊》，2011年，2期。

有了避不開之說。語言有時候摧毀我們，有時候拯救我們。說出還是不說，其中的玄妙在於你在它們之間徘徊了幾個圈、往復了多少回。談到顧城死後，無聊之人以詩人生前說過的「殺人是一朵荷花」「殺與被殺都是一種禪的境界」這樣的話，來為他的行為做出辯護時，鐘鳴引用巴斯卡的話：「一個人的德行所能做到的事不應該以他的努力來衡量，而應該以他的日常生活來衡量」[39]。界限，那實際存在於生活中的界限，並非通過言辭就可以為自己的逾越找到理由，無論怎樣的言辭都不可以。然而還有一個問題，無關德行，而是幸福。界限不能解決幸福的問題，或許沒有任何東西能夠解決，幸福只是很偶然的事情。羅蘭・巴特說：「文學的寫作仍然是對語言至善的一種熱切想像，它倉促朝向一種夢想的語言，這種語言的清新性，借助某種理想的預期作用，象徵了一個新亞當世界的完美，在這個世界裡語言不再是疏離錯亂的了。寫作的擴增將建立一種全新的文學，當此文學僅是為了如下的目標才創新其語言之時：文學應該成為語言的烏托邦。」[40]烏托邦即不可能，即我們追求卻到不了的地方。「不完美才是我們的天堂」，史蒂文斯說。在這一點上，或許只能保持緘默。

---

[39] 鐘鳴，《旁觀者》，海南出版社，1998年，1493頁。
[40] 羅蘭・巴特，《寫作的零度》，李幼燕譯，中國人民大學出版社，2008年，55頁。

結論

　　有關「軀體」一詞，羅蘭‧巴特在《我的軀體只在……存在》中提到：「我的軀體只在兩種通常的形式下才存在於我自身：偏頭疼和色欲。」他解釋到：「偏頭疼只不過是軀體不適的最初程度，色欲通常只被看成是享樂的一種沒人要的東西。」用他自己的話說：「我的軀體不是一個英雄」，「不悅或快樂的輕浮和擴散性特徵，與軀體構成作為嚴重違反常態之溫床的古怪而富於幻覺的場所是相對立的；偏頭疼與色欲快樂只不過是一般肌體感覺，它們負責賦予我自己的軀體以個人意識，而我的軀體不能以沒有危險而自豪：我的軀體對其自身來講不太富有戲劇性。」[1]

　　而有關語言的軀體，在《文之悅》中，羅蘭‧巴特談到，文有多個軀體。「什麼樣的身體呢？我們可有數種說法；解剖學者和生理學家眼中的身體，科學所觀察或討論的身體：這是語法學家、批評者、詮注者、文獻學者眼中的文（是已然存在的文）。然而我們可有一種醉的身體，純粹是由性欲關係構成，全然有別於前述那種身體：這是另一類劃分，另一類命名；如此，關於文：它僅僅是語

---

[1] 羅蘭‧巴特，《羅蘭‧巴特自述》，懷宇譯，北京：百花文藝出版社，2006年。

言之火的尚未截止的登錄。」「文具人的形式麼,是身體的某種象徵、重排麼?是的,然而是我們的可引動情欲之身體的某種象徵、重排。文之悅不可簡化為語法學家的工作對象(已然存在之文),一如身體之悅不可簡化為生理需要。」[2]

　　語言的軀體要獲得存在感,和人的軀體一樣,需要僭越常態。羅蘭・巴特談到,存在感,從對身體常態僭越的偏頭痛和色欲中獲得。而語言,也在對常態的僭越中,獲得它的存在感。然而身體與僭越本身卻是複雜的。有時僭越讓身體迅速地截獲時代最清新的語言,成為鮮活飽滿的身體。更多的問題,卻留在僭越之後。由於被無盡的模仿與膜拜,由於僭越者本身的固守,身體再度從中逃逸。在詩人柏樺那裡,這一點顯而易見。1980年代的他是僭越者,自身的怪癖與氣質,促成他在語言上的僭越。青春期一過,陳舊的東西愈加彰顯自己的陳舊,曾促成語言之輝煌與眩目的氣質,只會隨著時間耗損與消逝。擁有才華不易,保持與運用才華則更是不容易的事情。在歐陽江河那裡,問題在於身體最開始缺失,被觀念取而代之。語言太過靈活地滑行,笨拙感與粗糙感消失,身體在語言中錯位。在歐陽江河的整個詩歌寫作中,這個問題似乎都存在。機智與玄思讓他更容易靠近時代,捕捉它的尷尬與荒謬。然而對於寫作來說,最危險的事情是真誠性的喪失。不同於柏樺,歐陽江河的問題不是因循守舊,而是反應得太快。再漂亮的句子,如果不是應寫作者身體的呼吸而出,只是做得漂亮,那麼語言就是不真誠的。翟永明詩歌的重要性,在於她勾勒出自己生活的圖譜,她幾乎有些固執而笨拙地遵從身體的痕跡寫作。翟永明在寫作與女人和母親相關的詩歌中,顯示出這種身體痕跡寫作的重要與感人之處。然而身體在

---

[2]　羅蘭・巴特,《文之悅》,屠友祥譯,上海:上海人民出版社,2002年。

哪兒是可信的、哪兒是不可信的，她對這個問題的思考是有所欠缺的。有些寫作是不必要的，會淹沒身體真正重要的痕跡。在張棗那裡，語言和身體進入謎樣的關係中。詩人不願毫無保留地展示身體最初的痕跡，他用他的比喻騰空它們，將它們置於他所鍾愛的「空之飽滿」中，讓人猜測。張棗有一種近乎瘋狂的對身體與語言極限的追求，就如他期望達成的那種300%的完美。然而當詩人無數次地從比喻中騰空身體，一次次疊加空之飽滿與空之完美時，身體已經迷失於其中，不管對於別人還是他自己。張棗傾心的對話性與他本人和他詩歌中的謎是相衝突的。對於一個知道它存在，卻已經迷失的身體，我們只能表示遺憾。詩人兼批評家的鐘鳴，同時站在恍惚者與旁觀者的角度，來思考身體問題。在鐘鳴筆下，身體的萌動與他對身體的克制與思考同時存在，恍惚與界限同時存在。在五位詩人中，對語言與身體關係最深入的思考者當屬鐘鳴。而且，他似乎找到一個方式，回到物的堅實性與持久性中，重新看待語言，重新看待那些被誇張、矯飾，或僅僅因為恍惚而錯失了確切性的語言。然而觀念具體到寫作本身，可能會發生錯位，也會涉及到可行程度的問題。過度的繁複性，他期許於詩歌的包孕能力，是值得商榷的。

　　身體，那奇妙的身體忽然憂鬱了，在我們自以為厘清一切的時候。無關德行，僅僅是幸福，僅僅是這一點點不完美，就足以讓一切對語言與身體的思考，重新陷入恍惚。在五位詩人那裡，身體的在場與缺席都不同程度上存在。如果要再次重複一個問題：對於詩歌來說，最重要的是什麼？我認為應該是真實，身體的真實。這就是齊澤克說的，流行劇和低劣仿製品更接近於幻想，而真正的藝術去揭露幻想的虛假本質。真實、盡可能的真實，這是詩歌需要的。與此同時，錯位的與缺席的身體，對詩人和詩歌來說，是一種

缺陷，卻也是另外一種真實，它昭示出困境與局限。也許，更重要的東西在於，如何抗拒不真實而去抵達那個遙不可及的真實，如何對那個時刻準備逃逸的身體警醒著、戒備著。「四川五君」的詩歌能夠成為值得解讀的多元軀體，從中發現的身體的存在、錯失、缺席、矯飾，以及對身體的思考，都是可以深入討論的。歸根結底，探討身體的在與不在是不可分的，詩人呈現出最好的一面時，也洩露了自己的缺陷。而他們也在克服著。不管成功與否，身體的在與不在，實際上處於一種讓人感動的角逐中。缺失也內在於身體，可能完美才是不真實的。而恍惚感，是對身體處於在與不在之間狀態的最好形容。

為自己的言說建立起一個有效的體系，卻忽然意識到可能其中的一點點恍惚就會摧毀一切。歸根結底，都是在不可說與不可溝通的前提之下，說與溝通。對於1980年代而言，「四川五君」僅僅是其中一個被不恰切命名的團體。對於今天而言，他們作為我們重新去思考過往、現在和以後的一個切入點。對於詩人而言，一切都是曾經生活過的和寫出來的，他們在其中展示自己的卓越與局限。對於詩歌和生存本身而言，可說的太多，但闡釋只能暫停於此。真相就在那裡？然而在穿過一片迷霧森林後，我並沒有走到終了。

▌ 後記

　　這本書的初稿完成於2011年4月，作為我的碩士論文。在出版前重新閱讀和校對它，勾起了一些對過去時間的記憶。我試圖完善某個觀點，改變若干詞句的寫法。一個日漸成熟，甚至衰老的自己，給那還算年輕的人提出一點意見。這隔著時空的交流，其實蠻有趣。那些任性而散漫的句子，那些認真而幼稚的句子……讓我頭痛、忍俊不禁，甚至陷入慚愧。然而內心是恍然大悟的：它們隱現著我此刻的說話方式。重新打標點，去掉贅詞，縮短長句子換氣：調整之後，她有點像現在的我，即使還不夠成熟。修改有時令我疲憊，有時則了然，索性放任詞句在過去的時間中，其實那幼稚的堅持並不特別討厭。有時，我必須順著她，她有她的想法。我皺眉頭考慮怎麼改，卻逐漸被她的行文感染，開始認同她，甚或驚奇地發現，那樣寫更好。她也讓我崩潰過，但我們最終能夠平靜地商討，也表達出對彼此的認可和遺憾。時間，怎能讓人不遺憾。情緒化的我，記憶著情緒化的時刻，連同那些時刻一起到來的文字。我也在抵禦我，並且這一過程是耗費的，時常讓生活與表達陷入窘迫。

　　三十歲開始，過於激烈的情緒和生活都消褪了。一切慢慢發生著，卻在某個時刻讓人驚覺改變，知覺永遠是惰性的。到上海大

半年之後，某天騎自行車過馬路，陷入恍惚，有點困惑自己怎麼在這兒。也不知從何時開始，我格外留意表達中的細節，每個人的語癖。該如何表達？糾纏彼此的生活和詞，它們撲朔著，鬱鬱落下。什麼東西呼之欲出？呼之欲出……是歌唱。縈繞於心之鬱結的，是歌唱的影子。黃昏影，斜長，好像有溫度，又很絕望。真正的歌唱能否被燃發？就是那種感覺，近乎不可能。

2016年6月2日，上海同濟北苑

■ 參考文獻

一、四川五君作品

[1]張棗，春秋來信[C]，北京：文化藝術出版社，1998年。

[2]張棗，張棗的詩[C]，北京：人民文學出版社，2010年。

[3]柏樺，表達[C]，桂林：灕江出版社，1988年。

[4]柏樺，往事[C]，石家莊：河北教育出版社，2002年。

[5]柏樺，今天的激情——柏樺十年文選[C]，上海：上海人民出版社，2006年。

[6]柏樺，左邊：毛澤東時代的抒情詩人[C]，南京：江蘇文藝出版社，2009年。

[7]柏樺，演春與種梨：柏樺詩文集[C]，西寧：青海人民出版社，2009年。

[8]鐘鳴，城堡的寓言[C]，廣州：花城出版社，1991年。

[9]鐘鳴，畜界・人界[C]，北京：東方出版社，1995年。

[10]鐘鳴，徒步者隨錄[C]，上海：東方出版中心，1997年。

[11]鐘鳴，旁觀者[C]，海南：海南出版社，1998年。

[12]鐘鳴，秋天的戲劇[C]，上海：學林出版社，2002年。

[13]鐘鳴，中國雜技：硬椅子[C]，北京：作家出版社，2003年。

[14]鐘鳴，窄門[C]，廈門：鷺江出版社，2006年。

[15]鐘鳴，塗鴉手記[C]，上海：上海人民出版社，2009年。

[16]鐘鳴，畜界・人界（新版）[C]，上海：上海人民出版社，2010年。

[17]翟永明，女人[C]，桂林：灕江出版社，1986年。

[18]翟永明，在一切玫瑰之上[C]，瀋陽：瀋陽出版社，1989年。

[19]翟永明，翟永明詩集[C]，成都：成都出版社，1994年。

[20]翟永明，黑夜中的素歌[C]，北京：改革出版社，1996年。

[21]翟永明，稱之為一切[C]，瀋陽：春風文藝出版社，1997年。

[22]翟永明，紙上建築[C]，上海：東方出版中心，1997年。

[23]翟永明，堅韌的破碎之花[C]，北京：東方出版社，1999年。

[24]翟永明，終於使我周轉不靈[C]，石家莊：河北教育出版社，
    2002年。

[25]翟永明，正如你所看到的[C]，桂林：廣西師範大學出版社，
    2004年。

[26]翟永明，天賦如此——女性藝術與我們[C]，北京：東方出版
    社，2008年。

[27]翟永明，最委婉的詞[C]，北京：東方出版社，2008年。

[28]翟永明，白夜譚[C]，廣州：花城出版社，2009年。

[29]歐陽江河，透過詞語的玻璃：歐陽江河詩選[C]，北京：改革出
    版社，2007年。

[30]歐陽江河：誰去誰留[C]，長沙：湖南文藝出版社，1997年版。

[31]歐陽江河，站在虛構這邊[C]，北京：生活・讀書・新知 三聯
    書店，2001年。

[32]歐陽江河，事物的眼淚[C]，北京：作家出版社，2008年。

[33]萬夏、瀟瀟主編，後朦朧詩全集[C]，成都：四川教育出版社，
    1993年。

二、四川五君研究著作、論文及回憶文章

[1]敬文東，中國當代詩歌的精神分析[M]，北京：中國社會出版社，2010年。

[2]敬文東，我們的時代，我們的生活[A]，詩歌在解構的日子裡[C]，北京：北京大學出版社，2008年。

[3]敬文東，從靜安莊到落水山莊[A]，詩歌在解構的日子裡[C]，北京：北京大學出版社，2008年。

[4]敬文東，分析性在當代詩歌的效用與局限——以歐陽江河為例[J]，揚子江詩刊，2005年，5期。

[5]敬文東，下午的精神分析——詩人柏樺論[J]，江漢大學學報，2006年，3期。

[6]鐘鳴，籠子裡的鳥兒和外面的俄耳甫斯[A]，秋天的戲劇[C]，上海：學林出版社，2002年。

[7]鐘鳴，樹皮、詞根、書與廢黜[A]，秋天的戲劇[C]，上海：學林出版社，2002年。

[8]鐘鳴，鐘鳴：「旁觀者」之後[J]，詩歌月刊，2011年，2期。

[9]歐陽江河，詞的現身：翟永明的土撥鼠[A]，站在虛構這邊[C]，北京：生活・讀書・新知　三聯書店，2001年。

[10]歐陽江河，柏樺詩歌中的道德承諾[A]，站在虛構這邊[C]，北京：生活・讀書・新知 三聯書店，2001年。

[11]歐陽江河，站在虛構這一邊[J]，讀書，1999年，5期。

[12]歐陽江河，歐陽江河：沒有了詩歌就不會有下一個奧斯維辛嗎？[J]，經濟觀察報，2006年6月12日。

[13]歐陽江河，嵌入我們額頭的廣場——李德武 歐陽江河關於〈傍晚穿過廣場〉的交談[J]，詩林，2007年，4期。

[14]柏樺，張棗[J]，今天，2010年，2期。

[15]張棗，危險旅行——當代中國詩歌的元詩解構和寫者姿態[J]，
上海文學，2001年，1月號。

[16]一行，詞的倫理[C]，上海：上海書店出版社，2007年。

[17]江弱水，抽絲織錦[C]，北京：北京大學出版社，2010年。

[18]顧彬，綜合的心智——張棗詩集<春秋來信>譯後記[J]，作家，
1999年，9期。

[19]Wendy Larson，當代中國詩歌的唯美與色情情調[A]，張棗譯，中
國雜技：硬椅子[C]，北京：作家出版社，2003年。

[20]Susanne Goβe，記憶詩學——鐘鳴的<中國雜技硬椅子>[A]，王
虎譯，中國雜技：硬椅子[C]，北京：作家出版社，2003年。

[21]周瓚，透過詩歌寫作的潛望鏡[C]，北京：社會科學文獻出版
社，2007年。

[22]周瓚，翟永明詩歌的聲音與場景[J]，詩刊，2006年，5期。

[23]周瓚，寫作，帶著一種不真切的口吻——翟永明近作談[J]，詩
潮，2004年，5期。

[24]張檸，飛翔的蝙蝠——翟永明論[J]，詩探索，1999年，1期。

[25]陳超，翟永明論[J]，文藝爭鳴，2008年，6期。

[26]宋楊，九十年代女性詩歌的性別困惑——從翟永明詩歌的「黑
夜意識」談起[J]，文藝評論，2004年，4期。

[27]艾雲、翟永明，完成之後又怎樣[J]，南方文壇，2003年，3期。

[28]王光明，荒林，翟永明：用詩歌想像世界[J]，南方文壇，1998
年，3期。

[29]唐曉渡，女性詩歌：從黑夜到白晝[J]，詩刊，1987年，2期。

[30]宋琳編，親愛的張棗[C]，南京：江蘇文藝出版社，2010年。

三、其他參考文獻

[1]聖經。

[2]柏拉圖，阿爾喀比亞德[M],梁中和譯／疏，北京：華夏出版社，
　　2009年。

[3]洪子誠、劉登翰，中國當代新詩史[M]，北京：北京大學出版
　　社，2005年。

[4]王家新，為鳳凰尋找棲所──現代詩歌論集[C]，北京：北京大
　　學出版社，2008年。

[5]張閎，聲音的詩學[C]，北京：中國人民大學出版社，2003年。

[6]梁宗岱，詩與真[C]，北京：中央編譯出版社，2006年。

[7]聞一多，神話與詩[C]，武漢：武漢大學出版社，2009年。

[8]張隆溪，道與邏各斯[M]，南京：江蘇教育出版社，2006年。

[9]（古希臘）亞里斯多德，詩學[M]，陳中梅譯，上海：商務印書
　　館，1996年。

[10]（德）海德格爾，通向語言的途中[M]，孫周興譯，上海：商
　　務印書館，2004年。

[11]（德）海德格爾，林中路[M]，孫周興譯，上海：上海世紀出
　　版集團，2008年。

[12]（法）羅蘭‧巴特，羅蘭‧巴特自述[M]，北京：懷宇譯，天
　　津：百花文藝出版社，2002年。

[13]（法）羅蘭‧巴特，批評與真實[M]，溫晉儀譯，上海：上海
　　人民出版社，1999年。

[14]（法）羅蘭‧巴特，寫作的零度[C]，李幼蒸譯，北京：中國人
　　民大學出版社，2008年。

[15]（法）羅蘭‧巴特，文之悅[M]，屠友詳譯，上海：上海人民
出版社，2002年。

[16]（法）羅蘭‧巴特，米什萊[M]，張祖建譯，北京：中國人民
大學出版社，2008年。

[17]（法）羅蘭‧巴特，戀人絮語》[M]，汪耀進、武佩榮譯，上
海：上海人民出版社，2004年。

[18]（德）瓦爾特‧本雅明，發達資本主義時代的抒情詩人[M]，
張旭東譯，上海：三聯書店，2007年。

[19]（德）瓦爾特‧本雅明，啟迪──本雅明文選[C]，漢娜‧阿
倫特編，張旭東、王斑譯，上海：生活‧讀書‧新知　三聯書
店，2008年。

[20]（美）宇文所安，迷樓[M]，程章燦譯，上海：生活‧讀書‧
新知　三聯書店，2003年。

[21]（美）宇文所安，追憶[M]，鄭學勤譯，上海：生活‧讀書‧
新知　三聯書店，2004年。

[22]麥克‧盧漢，理解媒介──論人的延伸[M]，何道寬譯，北
京：商務印書館，2000年。

[23]（法）瓦萊里，瓦萊里散文選[C]，唐祖論、錢春綺譯，北京：
百花文藝出版社，2006年。

[24]（法）波德賴爾，波德賴爾美學論文選[C]，郭宏安譯，北京：
人民文學出版社，1987年。

[25]（意）卡爾維諾，美國講稿[M]，蕭天佑譯，南京：譯林出版
社，2008年。

[26]（美）史蒂文斯，最高虛構筆記[C]，陳東飆、張棗譯，上海：
華東師範大學出版社，2009年。

[27]（阿根廷）博爾赫斯，博爾赫斯談詩論藝[C]，陳重仁譯，上海：上海譯文出版社，2008年。

[28]（美）布羅茨基，文明的孩子[M]，劉文飛譯，北京：中央編譯出版社，2007年。

[29]（奧）里爾克，瑪律特手記[M]，曹元勇譯，上海：上海文藝出版社，2007年。

[30]（奧）里爾克，里爾克詩選[C]，綠原譯，北京：人民文學出版社，1999年。

[31]（奧）里爾克，〈杜伊諾哀歌〉中的天使[C]，林克譯，北京：華東師範大學出版社，2005年。

[32]（美）瑪律科姆‧考利，流放者歸來[M]，張承謨譯，重慶：重慶出版社，2006年。

[33]（斯洛文尼亞）齊澤克，因為他們並不知道他們所做的——政治因素的享樂[M],郭英劍譯，江蘇人民出版社，2007年。

[34]（斯洛文尼亞）齊澤克，幻想的瘟疫[M]，胡雨譚、葉肖譯，南京：江蘇人民出版社，2006年。

[35]（斯洛文尼亞）齊澤克，不敢問希區柯克的，就問拉康吧[M]，穆青譯，上海：上海人民出版社，2007年。

[36]（美）布魯克斯，精緻的甕[M]，郭乙瑤等譯，上海：上海人民出版社，2008年。

[37]（美）哈樂德‧布魯姆，影響的焦慮———一種詩歌理論（修訂版）[M]，徐文博譯，南京：江蘇教育出版社，2006年。

[38]（俄）茨維塔耶娃，茨維塔耶娃文集[C]，汪劍釗譯，上海：東方出版社，2003年。

[39]（奧）卡夫卡，卡夫卡全集》[C]，盧永華等譯，石家莊：河北教育出版社，1997年。

[40]（法）喬治‧巴塔耶，《文學與惡》[M]，董澄波譯，北京：
　　燕山出版社，2006年。

[41]胡冬，詞語在深度的流亡之中向母語回歸[J]，滇池，2011年，
　　3期。

釀文學209　PG1443

 # 語言的軀體
——四川五君詩歌論

作　　　者	曹夢琰
責任編輯	鄭伊庭
圖文排版	周妤靜
封面設計	蔡瑋筠

出版策劃	釀出版
製作發行	秀威資訊科技股份有限公司
	114 台北市內湖區瑞光路76巷65號1樓
	電話：+886-2-2796-3638　傳真：+886-2-2796-1377
	服務信箱：service@showwe.com.tw
	http://www.showwe.com.tw
郵政劃撥	19563868　戶名：秀威資訊科技股份有限公司
展售門市	國家書店【松江門市】
	104 台北市中山區松江路209號1樓
	電話：+886-2-2518-0207　傳真：+886-2-2518-0778
網路訂購	秀威網路書店：http://www.bodbooks.com.tw
	國家網路書店：http://www.govbooks.com.tw
法律顧問	毛國樑　律師
總 經 銷	聯合發行股份有限公司
	231新北市新店區寶橋路235巷6弄6號4F
	電話：+886-2-2917-8022　傳真：+886-2-2915-6275

出版日期	2016年9月　BOD一版
定　　　價	280元

國家圖書館出版品預行編目

語言的軀體：四川五君詩歌論 / 曹夢琰著. -- 一版. -- 臺
　北市：釀出版, 2016.09
　　　面；　公分. -- (釀文學；209)
　BOD版
　ISBN 978-986-445-149-4(平裝)

　1. 當代詩歌　2. 詩評

820.9108　　　　　　　　　　　　　　105016929

讀者回函卡

感謝您購買本書，為提升服務品質，請填妥以下資料，將讀者回函卡直接寄回或傳真本公司，收到您的寶貴意見後，我們會收藏記錄及檢討，謝謝！
如您需要了解本公司最新出版書目、購書優惠或企劃活動，歡迎您上網查詢或下載相關資料：http:// www.showwe.com.tw

您購買的書名：＿＿＿＿＿＿＿＿＿＿＿＿＿＿＿＿＿＿＿＿＿＿＿

出生日期：＿＿＿＿＿年＿＿＿＿＿月＿＿＿＿＿日

學歷：□高中 (含) 以下　　□大專　　□研究所 (含) 以上

職業：□製造業　□金融業　□資訊業　□軍警　□傳播業　□自由業
　　　□服務業　□公務員　□教職　　□學生　□家管　□其它＿＿＿

購書地點：□網路書店　□實體書店　□書展　□郵購　□贈閱　□其他

您從何得知本書的消息？

　□網路書店　□實體書店　□網路搜尋　□電子報　□書訊　□雜誌
　□傳播媒體　□親友推薦　□網站推薦　□部落格　□其他＿＿＿＿＿

您對本書的評價：(請填代號　1.非常滿意　2.滿意　3.尚可　4.再改進)

　封面設計＿＿＿　版面編排＿＿＿　內容＿＿＿　文／譯筆＿＿＿　價格＿＿＿

讀完書後您覺得：

　□很有收穫　□有收穫　□收穫不多　□沒收穫

對我們的建議：＿＿＿＿＿＿＿＿＿＿＿＿＿＿＿＿＿＿＿＿＿＿＿

＿＿＿＿＿＿＿＿＿＿＿＿＿＿＿＿＿＿＿＿＿＿＿＿＿＿＿＿＿＿＿

＿＿＿＿＿＿＿＿＿＿＿＿＿＿＿＿＿＿＿＿＿＿＿＿＿＿＿＿＿＿＿

＿＿＿＿＿＿＿＿＿＿＿＿＿＿＿＿＿＿＿＿＿＿＿＿＿＿＿＿＿＿＿

11466
台北市內湖區瑞光路 76 巷 65 號 1 樓

秀威資訊科技股份有限公司　　　收

BOD 數位出版事業部

⋯⋯⋯⋯⋯⋯⋯⋯⋯⋯⋯⋯⋯⋯⋯⋯⋯⋯⋯⋯⋯⋯⋯⋯⋯⋯⋯⋯

（請沿線對折寄回，謝謝！）

姓　　名：＿＿＿＿＿＿＿＿　年齡：＿＿＿＿　性別：□女　□男

郵遞區號：□□□□□

地　　址：＿＿＿＿＿＿＿＿＿＿＿＿＿＿＿＿＿＿＿＿＿＿

聯絡電話：(日)＿＿＿＿＿＿＿＿＿　(夜)＿＿＿＿＿＿＿＿＿

E - m a i l：＿＿＿＿＿＿＿＿＿＿＿＿＿＿＿＿＿＿＿＿